POUR UNE COLLECTIVITE EQUITABLE

Quatrième partie :

LE PROGRAMME

L'objet de cet ouvrage est de proposer une architecture de fonctionnement social afin d'ouvrir la réflexion et la discussion pour une Collectivité équitable.

SOMMAIRE

Pour une Collectivité Equitable » (en quatre parties) est une forme d'anticipation sociale qui se veut « Force de proposition » dont voici : « Le Programme » pour instaurer une Collectivité Equitable au fonctionnement simple.

« Discussions, échanges et commentaires » sur : http://leclaireur.ovh/

Mesures détaillées dans les deux premières parties de « Pour une Collectivité Equitable » : « La base » et « Outils et résultats ».

En ces temps futurs où la Collectivité Equitable envahit le monde, voici le programme qui à permis son instauration.

La présentation de ce programme par le candidat aux élections présidentielles a immédiatement suscité quantité de réactions, d'oppositions, de levées de boucliers.

Le changement inquiète souvent, surtout la minorité de ceux qui sont bien installés.
Comme toujours, des orateurs de talent, dont l'éloquence et l'art de persuader sont redoutables, se sont saisis du projet.

Comme toujours, quelque soit le fond, c'est bien souvent sur des points de détail qu'ils se sont appuyés pour tenter d'asseoir leurs discours en semant une forme d'incertitude argumentée comme une sorte de talon d'Achille qui leur donnerait raison.

L'opacité volontaire de certaines données, la manipulation des chiffres et de bien des choses passées sous silence, leurs facilitaient la tâche.

Mais le Peuple, quoi que craintif, n'est pas resté dupe, n'est pas resté aliéné à un système social aux mécanismes qui disent rassurer, assurer, alors qu'ils asservissent.

Voici le programme à l'origine de la Collectivité Equitable

Pour une vraie démocratie humaine.

Une autre voie.

« Respect - Equité - Fraternité »

GRANDES LIGNES DU PROGRAMME

- Equité et respect, humains, sociaux, économiques.

- Citoyen responsable et souverain.

- Intégrité des élus.

- Répartitions équitables.

- Simplification et uniformisation.

- Cohérence des actions publiques.

INSTITUTIONS / STRUCUTRE SOCIALE

La nouvelle structure sociale a pour but :

- Plus d'équité entre les Citoyens.
- Une gestion collégiale et globale de la Collectivité.
- La capacité pour tous de se faire entendre et d'intervenir dans la gestion de la Collectivité.
- D'avoir des intervenants responsables, élus pour des **mandats impératifs**, évolutifs en fonction des conjonctures en accord de leurs mandants, et révocables en cas de non respect desdits mandats.

La gestion collective (de la nation) n'est plus pensée point par point mais globalement dans un ensemble cohérent, tous secteurs et financements confondus, en fonction de la conjoncture avérée et des besoins sociaux réels.

L'ensemble ne peut être appréhendé que globalement dans l'équilibre des balances générales et des nouveaux équilibres, sociaux, personnels, niveau de vie, pouvoir d'achat, …

AUJOURD'HUI Année -1	DEMAIN Année 0
Pouvoir pyramidal avec, au sommet, un(e) dirigeant(e) élu(e) au terme de la mandature précédente pour un **mandat représentatif** de cinq ans durant lequel il (elle) est libre de ses actions. Il (elle) est censé(e) représenter tous les Citoyens, ceux qui l'ont élu(e), ses opposants et les autres. Il en va de même pour l'ensemble des élus, tous élus pour des mandats représentatifs.	Direction du pays par une **architecture collégiale** dont chaque membre est élu pour un **mandat impératif** sous le contrôle des Collèges compétents (ses mandants). Chaque élu peut être destitué par les mêmes Collèges en cas de non respect des engagements, ou de l'évolution de son mandat en fonction des conjonctures.

Il n'y a plus, dans la structure collégiale, d'échéances électorales, mais une gestion, une action régulière, dans la durée, évolutive et au plus prés des aspirations du Peuple.

Sur les colonnes de droite :	BILAN (Milliards d'euros)	
La colonne « bilan » fait apparaitre les surcoûts et les économies par rapport au système en place et correspondant aux sujets en vis-à-vis. « Neutre » indique qu'il n'y a pas de changement notable. Le résultat final (en bas des colonnes, dans la partie « Budget / Financement » p 118) donne directement l'état d'évolution global des finances publiques entre l'ancien système et la Collectivité Equitable.		
Compte tenu de l'opacité de certaines données, celles utilisées dans ce tableau sont celles qu'on peut trouver en faisant des recherches accessibles. Pour une meilleure justesse, ces données ont souvent été ramenées, pour l'analyse, à des proportions, moins variables dans la durée.	Economie	Surcoût

PROCEDURE DE TRANSITION

Une fois le candidat porteur de ce programme électoral élu :

Mise en place progressive du nouveau tissu administratif et économique ainsi que des structures associées, c'est-à-dire :

- Création des Agoras : Lieu public, pour

chaque Collège. *(Voir « Structure collégiale » p16)*, où chacun peut s'exprimer et voter à des moments définis permettant la participation directe du plus grand nombre.

Ceux ayant des empêchements sérieux peuvent participer via l'intranet collectif, en accord avec les technologies actuelles.

- Création des Collèges : Ils représentent

toutes les composantes de la structure sociale de la Collectivité, tant au niveau populaire qu'au niveau professionnel via les Conseils Collégiaux élus. *(Voir « Structure collégiale » p16)*

Les premiers Collèges (qui évolueront rapidement, dès les premiers votes) sont créés, lorsqu'elles existent déjà, avec les membres des équipes en place mais avec les changements de statuts correspondant à la Collectivité.

Puis les votes mettent en place des équipes élues.

0,216

- Création des Conseils Collégiaux : (au moins trois personnes pour les plus petits), qui représentent les membres du Collège *(Voir « Structure collégiale » p16).*

Ils sont issus du vote du Collège, à un seul tour, au scrutin direct, uninominal ou plurinominal, et pour des mandats impératifs (les électeurs choisissent ainsi individuellement et directement chaque personne élue pour un programme défini), d'où une représentativité au plus proche de l'expression des électeurs.

- Remplacement des élus de l'ancien système par la Structure Collégiale. :
Les remplacements remontent depuis les Collèges de base (Collèges Populaires) vers les plus hautes fonctions.

Il n'y a plus de dirigeant unique (hors secteur privé) où que ce soit dans le Système Collectif.

D'où : **Fin des partis politiques.** (66 millions d'euros de financement public (année -1) et autour de 150 millions d'euros de financement public pour les campagnes électorales (présidentielle, cantonales, régionales, européennes), soit, au final, une économie de **216 millions d'euros.**

Chaque Collège élit et destitue (en cas de non respect du mandat impératif confié, qui peut, par le vote du Collège, évoluer en fonction des conjonctures) ses représentants.

Procédure de mise au vote :

Pour qu'une proposition soit examinée au sein d'un Collège elle doit être soutenue par au moins dix pourcent des membres de ce Collège.

Si la proposition est adoptée et dépasse le cadre de ce Collège, elle est présentée dans tous les Collèges de même niveau, puis remonte dans l'architecture collégiale tant qu'au moins cinquante pourcent des Collèges de même niveau votent favorablement, et ce jusqu'au plus haut niveau compétent.

En cas de vote favorable à ce niveau (au moins cinquante pourcent des voix exprimées) la proposition est appliquée uniformément.

STRUCTURE COLLEGIALE

Il n'y a plus d'autorité administrative (ou publique) autonome, mais une gestion globale et concertée grâce à l'architecture collégiale.

Un Collège (ou un groupe de Collèges) est constitué de l'ensemble des Citoyens concernées par la thématique du Collège.

Toutes les composantes publiques de la Collectivité sont administrées par des **Conseils Collégiaux.**

Au niveau populaire :

Chaque Conseil Collégial représente directement les membres de son Collège.

Les membres d'un Conseil Collégial sont les mandataires élus par les membres du Collège (leurs mandants).

Chaque Collège, dont les Collèges Populaires (qui rassemblent tous les Citoyens), peut, rapidement et à tout moment, intervenir dans la gestion de la Collectivité suivant la **procédure de mise au vote** *(Voir « Procédure de mise au vote »p15).*

Les membres des Collèges Populaires (Collèges de base) sont des groupes, géographiques et sans distinction, de 5 000 Citoyens (+/- 10% : **Unité de Population Locale - UPL)** dont l'ensemble constitue la totalité de la population.

L'architecture collégiale remonte par niveaux, avec les Collèges de secteurs (définis en fonction de leurs activités, comme la gestion des besoins fondamentaux et primaires, l'administration publique, la justice, la défense, …) jusqu'au Collège Majeur (pour les décisions et administrations au plus haut niveau).

Au niveau professionnel collectif (Entreprises Coopératives Collectives *(Voir « Création des Entreprises Coopératives Collectives » p45)* et Administration Générale Collective *(Voir « Administration Générale Collective » p18)* **:**

Même fonctionnement, depuis les Collèges Travailleurs vers les Collèges de Branche.
Ici les membres des Collèges sont les travailleurs concernés.

****

Les Conseils Collégiaux (représentants élus d'un Collège) se composent d'au moins trois personnes pour les plus petits Conseils Collégiaux (magistrats instruisant une affaire, représentation sur la scène politique internationale, …)

La gestion collégiale allège la charge de travail de la plupart des fonctions de gestion, ce qui rend cohérent le niveau des salaires perçus *(Voir « Salaires / revenus » p64)*.

Si, hors du Territoire Collectif, le nombre de représentants possible est incompatible avec notre mode de gestion collégiale, ces représentants présentent nos décisions collégiales.

Un élu, si son temps de travail raisonnable *(Voir ci-dessous)* le permet, peut avoir un autre emploi (non élu) dans la structure où il est élu.

Son salaire plein correspond à son temps de travail raisonnable.

Le cumul des mandats collégiaux est interdit.

Temps de travail raisonnable : Le Collège détermine, pour chaque poste et pour chaque Citoyen si celui-ci ne correspond pas aux critères usuels (situation de handicap, Citoyens en charge de personne(s) vulnérable(s), foyer monoparental nécessitant des disponibilités pour l'éducation d'enfant(s), …) un « **temps de travail raisonnable** », en équivalence d'investissement collectif personnel, correspondant au même salaire, aussi équitable que possible pour un même travail.

Administration Générale Collective :

Elle est constituée de Conseils Collégiaux élus par le Peuple, via l'architecture collégiale, depuis les Collèges Populaires.

Ces Conseils Collégiaux couvrent l'ensemble de l'administration publique.

Elle administre l'ensemble de la Collectivité suivant la Constitution Fondamentale de la Collectivité dans l'application du Code Fondamental Collectif *(Voir « Elaboration du Code Fondamental Collectif » p19)*, l'action du Service Collectif *(Voir « Création du Service Collectif » p23)* et les Entreprises Coopératives Collectives *(Voir « Création des Entreprises Coopératives Collectives » p45)*, ainsi que les finances publiques par la gestion du Bien Commun *(Voir Constitution, rôle et fonctionnement du Bien Commun » p28).*

Les moyens financiers dont dispose l'Administration Générale Collective viennent du Bien Commun.

Elaboration du CODE FONDAMENTAL COLLECTIF :

Il est rédigé à partir d'une revisite des textes constitutionnels, ainsi que des codes et des lois.
Il s'agit d'une adaptation des textes au plus simple, épurée mais efficace, exhaustive, et sans passe-droit.
Les projets sont soumis au débat, puis au vote collégial pour leurs adoptions définitives en remplacement des textes initiaux.
Seule la **Constitution Fondamentale de la Collectivité** (qui fixe l'organisation et le fonctionnement de la Collectivité) n'est pas modifiable.

Le Code Fondamental Collectif n'est pas rigide.
Il peut être adapté en fonction du devenir de la Collectivité, des évolutions et des conjonctures.

Création de la BANQUE COLLECTIVE :

La **Banque Collective** est créée à partir de la fusion de la Banque de France, la Caisse des dépôts et consignations et la Banque postale.

Son réseau de distribution s'appuie sur les bureaux de poste et les agences postales, présents sur tout le Territoire Collectif.

Sa logistique informatique fait partie du Système Informatique Central *(Voir « Création du Système Informatique Central » p26).*

La Banque Collective :

- Est détachée de toute spéculation.

- A une activité non lucrative.

- Gère des comptes courants, des dépôts, des crédits relatifs aux besoins fondamentaux et primaires (comprenant l'accession à la propriété de sa première résidence principale *(Voir : « Accès à la première propriété de sa résidence principale p80).*

- Dispense des formes de microcrédits (favorisant l'activité économique), et soutient les plus faibles en cas de problèmes (hors cas litigieux).

NB : La Banque Collective ayant une activité non lucrative, les intérêts des prêts sont grandement réduits.

La Banque Collective contribue ainsi activement à l'économie réelle du Territoire Collectif.

De plus :

- Toutes les opérations financières relatives au Territoire Collectif passent initialement par la Banque Collective avant, si c'est un autre établissement bancaire qui est concerné, une remise intégrale et sans coût, sous 24 heures, de l'intégralité des transactions à cet établissement bancaire.

Seules restent à la Banque Collective les écritures comptables.

Elle permet donc de bien mieux contrôler la fraude fiscale.

Constat :

Montant estimé de la fraude fiscale (année -1):
100 milliards d'euros.
Diminuée de 50% cela représente une économie de
50 milliards d'euros.

Financement :

La Banque Collective étant une structure à but non lucratif, et utilisant des structures déjà existantes, son coût pour la Collectivité s'inscrit dans le financement des Agents de l'Administration Collective.

****

Dans le secteur privé, Les banques et groupes bancaires conservent leurs fonctionnements, et peuvent donc assurer tous les services que la Banque Collective ne couvre pas.

Création du SERVICE COLLECTIF :

Le Service Collectif est la seule institution habilitée à recevoir, établir et délivrer les actes de la vie civile, ainsi que toutes les démarches inhérentes à la vie du Citoyen ou faisant force de loi. (état civil, actes notariaux, actes d'huissier, et constats de justice, fonctions juridiques, …)

Le Service Collectif gère le **Réseau de Distribution Collectif** *(Voir ci-dessous)*.

Tous les personnels du Service Collectif sont des Agents de la Collectivité.
Ces services sont remplis sans coût pour l'utilisateur.

N E U T R E

Création du
RESEAU de DISTRIBUTION COLLECTIF :

Il fait partie du Service Collectif.

Présent dans toutes les agglomérations, il assure la mise à disposition des biens et des services correspondants aux besoins fondamentaux et primaires *(Voir : « Service Collectif » p 68)*.

Dans un premier temps, le Réseau de Distribution Collectif utilise comme support des structures publiques existantes (Poste, Mairies, halls de gares, d'aéroports, arènes, stades publics, …).

Des structures propres au Réseau de Distribution Collectif seront rapidement créées.

N E U T R E

Création des Cartes d'Identité à Puce d'Identification (CIPI) :

Afin de simplifier la gestion de la Collectivité, améliorer la sécurité et la possibilité pour chaque Citoyen d'être partie prenante dans la Collectivité, les cartes d'identité sont équipées d'une puce électronique d'identification : Carte d'Identité à Puce d'Identification (CIPI).

La puce ne peut contenir que la photographie biométrique du visage et les critères d'identification du Citoyen (dentaire, cicatrices, tatouages, …) actualisés tout au long de la vie.

Les CIPI améliorent et sécurisent la justification d'identité, et permettent, entre autres, aux Citoyens d'agir via tous les vecteurs informatiques (à partir de son ordinateur personnel, des bornes dans les Point Collectifs, des bornes dans les Entreprises Coopératives Collectives).

Les données des CIPI sont cryptées et totalement sécurisées.

Elles sont gérées par le Système Informatique Central.

La clef d'intermédiaire de lecture est soumise à de fréquentes modifications.

Les données contenues par la carte subissent un cryptage évolutif régulier sur les Bornes Collectives.

Les CIPI ne sont lisibles que par les personnels autorisés.

Le titulaire d'une CIPI reçoit un Code Associé à sa CIPI.

Les CIPI doivent être réinitialisées par leur titulaire une fois par mois, sur une période d'une semaine, à partir des bornes collectives (uniformément présentes dans les locaux administratifs, les ECC, ...) en liaison directe avec le Système Informatique Central, et avec possibilité, pour le titulaire, de modifier le Code Associé.

La photographie biométrique du titulaire de la CIPI doit être renouvelée tous les ans sur une période de un mois.

Création du SYSTEME INFORMATIQUE CENTRAL (SIC) :

Il répertorie toutes les informations relatives à la vie collective des Citoyens et à la Collectivité (lois, droits, coût, pièces administratives, les actes et leurs historiques, propriétés, filiations, répartitions, valeurs, données de la Banque Collective, informations judiciaires, …).
Sa mise en place utilise et remplace les banques de données existantes.

Les accès aux données du Système Informatique Central sont répartis par secteurs, en fonction des ayants droit tenus au secret, dans un strict respect de la protection des données personnelles et régulés par les textes et les Collèges compétents.

L'accès au Système Informatique Central est immédiat et gratuit (le SIC fait partie du Bien Commun *(Voir p28))*.

Finies les longues, complexes et compliquées recherches d'informations administratives, publiques, judicaires, sécuritaires, …
Immense gain en efficacité et en transparence.

BENEFICIAIRE

L'analyse des situations entraîne « oui », « non », ou « cas particulier défini » renvoyant vers le bon interlocuteur.

Toute situation « hors case » est immédiatement envoyée au Collège concerné pour analyse humaine et, ensuite, incrémentation du logiciel.

Le Système Informatique Central est surprotégé et sur-sécurisé, comme les sites informatiques des banques ou de l'armée.

A ce stade, fini les rouages grippés, les problèmes d'appréciation, d'iniquité, les situations inextricables ou subjectives.

Sur la base du traitement informatique, base solide et sans défaut, l'humain apprécie avant la décision finale, et peut intervenir plus efficacement et équitablement suivant les spécificités conjoncturelles, humaines ou personnelles de la situation.

Il en résulte une bien meilleure efficacité, beaucoup moins de travail, de meilleurs partenariats et gestions.

Le Système Informatique Central remplace tous les autres systèmes informatiques de l'Administration publique, et donc supprime leurs financements.

Tout ceci compense très vite et avantageusement le coût de sa mise en place.

De plus :

- Clarté, confort, sécurité, équité.
- Fini les passe-droits, les « niches », …
- Fini la dilution des responsabilités.
- Fini les intouchables.

Par ailleurs, il permet, de manière totalement sécurisée (et grâce aux Cartes d'Identité à Puce d'Identification *(Voir p24))* **:**

- De participer à distance aux débats à l'Agora.
- De voter à distance en cas d'empêchement sérieux.
- La concertation entre Collèges.

Constitution, rôle et fonctionnement du BIEN COMMUN :

Le Bien Commun est l'ensemble du patrimoine matériel et immatériel de la communauté humaine.

Ne font pas partie du Bien Commun :

- Les acquis et les biens personnels.
- Ce qui relève de la propriété industrielle et des brevets en cours.
- Les droits moraux et les droits patrimoniaux de la propriété littéraire ou artistique en cours *(Voir Propriété de Biens immatériels p115).*

NEUTRE

Chaque Citoyen bénéficie équitablement du Bien Commun à travers le régime économico-social de la Collectivité.

Le Bien Commun est administré par l'Administration Générale Collective.

Chaque Citoyen a pour devoir de participer, à travers son action au sein de la Collectivité (travail, Impôt, apport), dans une mesure à minima équitable, à l'entretien et au développement du Bien Commun : « **Participation légitime obligatoire et équitable** » *(Voir « Droits et devoirs Citoyens p69).*

Le Bien Commun étant le patrimoine de la communauté humaine, c'est le Bien Commun qui finance les actions de l'Administration Générale Collective.

Constitution du Bien Commun :

Réaffectation judicieuse et équitable de tous les avoirs du système en place pour la gestion collégiale.

Il s'agit, essentiellement :

- Des avoirs (personnels, locaux, matériels et savoirs) de l'Administration publique pour la gestion par l'Administration Générale Collective.

- Des avoirs (personnels, locaux, matériels et savoirs) devenus inadéquats, voire inutiles, au plus prés des besoins.

Il s'agit là essentiellement d'une partie de la structure administrative et des outils de production, transformation et distribution d'énergies après l'adaptation des séparateurs de molécules *(Voir « Energie » p58)* ainsi que les personnels et locaux associés, …

- **Collectivisation** (équitable) des structures privées ou partiellement privées, indispensables à l'indépendance de la Collectivité ou à la gestion des besoins fondamentaux et primaires de la Collectivité.
Si les compétences sont plus larges, la collectivisation se limite aux secteurs affectés à l'indépendance de la Collectivité et aux besoins fondamentaux et primaires.

La procédure de collectivisation peut prévoir une durée d'exploitation par le cédant aux conditions d'exploitation par la Collectivité, avec des avantages spécifiques pour le cédant jusqu'à la cession finale.

- **Création de structures collectives** indispensables à l'indépendance de la Collectivité et à la gestion des besoins fondamentaux et primaires là où il n'en existe pas.

NB : Les actions ci-dessus contribuent à la création des Entreprises Coopératives Collectives *(Voir : « Création des Entreprises Coopératives Collectives » p 45)*

- **Location** au secteur privé des structures (ou secteurs de ces structures) publiques affectées à des besoins secondaires et non indispensables à l'indépendance de la Collectivité et à la gestion des besoins fondamentaux et primaires.

Ces locations peuvent, dans certaines conditions, venir en compensation de collectivisations.

- **Réindexation de la valeur** par une sortie totale de la Collectivité des marchés spéculatifs et des systèmes d'actionnariat ou assimilés au profit d'une totale « économie réelle ».

La valeur relative au Bien Commun ne peut reposer que sur une activité concrète, correspondant à du travail (physique, intellectuel, …), ce qui en assure la stabilité et l'indépendance.

Sur certains coûts de l'ancienne Administration publique :
(année -1)

Coût total de l'Administration publique : 1 257 Milliards d'euros.

A titre d'exemples :

* Frais de fonctionnement du siège de la présidence de la République : 112 millions d'euros dont :
- 169 voitures dont 83 qui lui appartiennent, 7 scooters, 44 chauffeurs (2 réservés au Président).
- Aux cuisines, 20 personnes préparent chaque jour environ 300 couverts pour le chef de l'Etat, sa famille, ses conseillers et leurs invités.

77 personnes pour l'intendance de la cuisine et de la cave (15 000 bouteilles de vins prestigieux).

La cuisine (personnes, matériels, ingrédients, …) accompagne, lors de ses voyages à l'étranger, le chef de l'Etat.
- Huit avions (prix d'achat : 215 millions d'euros) pour le chef de l'Etat et les 4 ministres principaux.
- Dix résidences et annexes prestigieuses.

…

* Coût des autres palais du système gouvernemental : 896 millions d'euros.

* Coût des élus :

- Chef de l'Etat : 15 204€ brut/mois (Indemnité de base : 11 809€, indemnité de résidence : 354€, indemnité de fonction non soumise à l'impôt : 3 041€). Retraite : 14 910€ brut/mois) + locaux meublés et équipés +12 000€ mensuels en siégeant au Conseil constitutionnel + 7 collaborateurs pendant 5 ans (3 ensuite) +véhicules et chauffeurs.
Trois logements de fonction.

Total (hors avantages en nature) : **182 148€/an** à vie.

- Secrétaire d'Etat : 9 629€ brut/ mois (Indemnité de base : 7 479€, indemnité de résidence : 224€, indemnité de fonction non soumise à l'impôt : 1 926€) + idem pendant 3 mois après avoir quitté le poste si pas de réemploi) + logement de fonction + accès gratuit SNCF + voiture de fonction et chauffeur + quota de déplacements aériens + cumul possible avec indemnité d'élu local jusqu'à 2 811 euros / mois.

Nombre de secrétaires d'Etat : 11
Total (hors avantages en nature) : 11 x (9 629 + 2 811) x 12= **1 642 080 €/an**

- Premier ministre : 15 204 € brut/mois (Indemnité de base : 11 809€, indemnité de résidence : 354€, indemnité de fonction non soumise à l'impôt : 3 041€) + idem pendant 3 mois après avoir quitté le poste si pas de réemploi.
Trois logements de fonction. + agent de sécurité + jouissance de plusieurs résidences secondaire + voitures de fonction et chauffeurs + mise à disposition d'une flotte d'avions + cumul possible avec indemnité d'élu local jusqu'à 2 811€ /mois + (à vie) secrétaire, véhicule, chauffeur.

Total (hors avantages en nature) : 12 x (15 204 + 2 811) = **216 180 €/an**

- **Ministre :** 10 136€ brut/mois (Indemnité de base : 7 872€, indemnité de résidence : 236€, indemnité de fonction non soumise à l'impôt : 2 057€) + logement de fonction + accès gratuit SNCF + voiture de fonction et chauffeur + quota de déplacements aériens + cumul possible avec indemnité d'élu local jusqu'à 2 811€ / mois

Nombre de ministres : 16
Total (hors avantages en nature) : 16 x (10 136 +2 811) x 12 = **2 485 824 € / an**

- **Député (2019) :** 7 240€ bruts/mois (Indemnité de base : 5 623€ + indemnité de résidence 169€ +indemnité de fonction non imposable : 1 448€ non imposable) + idem pendant 3 mois après avoir quitté le poste si pas de réemploi + cumul possible avec indemnité d'élu local jusqu'à 2 811€ / mois + 5 373€ brut mensuels pour dépenses liées au mandat (voiture, loyer, réceptions, …) + 10 581€ pour rémunérer collaborateurs, dotation informatique, accès gratuit SNCF première classe, forfait de communication téléphonique)

Nombre de députés : 577
Total (hors avantages en nature) : 577 x (7 240 + 2 811 + 5 373 + 10 581) x 12 = **180 058 620 € / an**

- **Sénateur :** 7 240€ brut/mois (Indemnité de base : 5 623€/mois + indemnité de résidence 169€ +indemnité de fonction : 1 448€) + cumul possible avec indemnité d'élu local jusqu'à 2 811€/mois + 5 900€ /mois pour dépenses liées au mandat (voiture, loyer, réceptions, …) + 8 403€ pour rémunérer collaborateurs, dotation informatique, accès gratuit SNCF première classe, forfait de communication téléphonique)

Nombre de sénateurs : 348
Total (hors avantages en nature) : 348 x (7 240 + 2 811 + 5 900) x 12 = **66 611 376€ / an**

- **Maire :** 3 400€ bruts/mois (moyenne)

Nombre de Maires : 35 086
Total (hors avantages en nature) : 35 086 x 3 400 x 12 = **1 431 508 800€ / an**

- **Président de communauté urbaine :** 4 000€ bruts/mois (moyenne)

Nombre de communautés urbaines : 14
Total (hors avantages en nature) : 14 x 4 000 x 12 = **672 000€ / an**

- **Député européen :** 13 496€ bruts/mois + indemnité de frais généraux : 4 563€ brut/mois

Nombre de députés européens : 79
Total (hors avantages en nature) : 79 x (13 496 +4 563) x 12 = **17 119 932 € / an**

- Conseiller départemental : 2 000€ bruts/mois

Nombre de conseillers départementaux : 4 058
Total (hors avantages en nature) : 4 058 x 2 000 x 12 =
97 392 000€ / an

- Président de conseil départemental : 5 612€ brut/mois

Nombre de présidents de conseil départemental : 97
Total (hors avantages en nature) : 97 x 5 612 =
544 364€ / an

- Vice président de conseil départemental : 3 000€
bruts/mois

Nombre de vice-présidents de conseil départemental : 97
Total (hors avantages en nature) : 97 x 3 000 x 12 =
3 492 000€ / an

- Conseiller régional : 2 000€ bruts/mois

Nombre de conseillers régionaux : 1 758
Total (hors avantages en nature) : 1 758 x 2 000 x 12 =
42 192 000 € / an

- Président de conseil régional : 5 640€ brut/mois +
logement de fonction

Nombre de présidents de conseil régional : 17
Total (hors avantages en nature) : 17 x 5 640 x 12 =
1 150 560€ / an

- Vice-président de conseil régional : 3 000€ bruts/mois (moyenne)

Nombre de vice-présidents de conseil régional : 17
Total (hors avantages en nature) : 17 x 3 000 x 12 = **612 000€ / an**

-' Commissaire européen : 27 290€ bruts/mois (Traitement de base : 23 202€ bruts/mois + indemnité de représentation : 608 € brut/mois + indemnité de résidence : 3 480€ bruts/mois) + 70 000 € de frais d'installation et désinstallation (1 fois) +12 000€ d'indemnité transitoire mensuelle après la fin de son mandat + à 65 ans révolus une pension à vie de 11 379€ /mois + 900€/mois d'Allocations familiales

Durée du mandat : 5 ans
Nombre de commissaires européens : 1
Total (hors avantages en nature) : 1 x 27 290 x 12 = **327 480€ / an**

- Président de la Commission européenne : 34 149€ bruts/mois (Indemnité de base : 28 461€ + indemnité de représentation 1 418€ bruts/mois + indemnité de résidence 4 269€ bruts/mois) + 85 300€ d'indemnité d'installation et de désinstallation (1 fois) + 1 217€/mois d'Allocations familiales

Coût non pris en compte car choisi parmi les 27 pays membres.

- Vice résident de la Commission européenne : 30 558€ bruts/mois (Traitement de base : 25 780€ bruts/mois + Indemnité de représentation 911€ bruts/mois + indemnité de résidence 3 867€ bruts/mois) + 77 300€ d'indemnité d'installation et de désinstallation (1 fois) + 1 102€/mois d'Allocations familiales.

Coût non pris en compte car choisi parmi les 27 pays membres.

- Président du Conseil européen : 34 149€ bruts /mois (Traitement de base : 28 462€ bruts, Indemnité de représentation : 1 418€, Indemnité de résidence : 4 269€) + 85 385€ d'indemnité d'installation et de désinstallation (1 fois) + 1 217€/mois d'Allocations familiales.

Coût non pris en compte car choisi parmi les 27 pays membres.

- Haut représentant de l'Union : 31 745€ bruts/mois (Traitement de base : 26 811€, Indemnité de représentation : 912€, Indemnité de résidence : 4 022€) + 80 434€ d'indemnité d'installation et de désinstallation (1 fois) + 1 146€/mois d'Allocations familiales.

Nombre de haut représentant de l'union : 2
Total (hors avantages en nature) : 2 x (31 745 +1 146) x 12 = **789 384€ / an**

- Conseil constitutionnel : 16 760€ bruts/mois.

Nombre de membres du Conseil Constitutionnel : 10
Total (hors avantages en nature) : 10 x 16 760 x 12 = **2 011 200€ / an**

- Conseiller économique, social et environnemental : 3 861€ bruts/mois

Nombre de conseillers économique, social et environnemental : 233
Total (hors avantages en nature) : 233 x 3 861 x 12 = **10 795 356€ / an**

IL Y A DONC :

42 423 personnes pour un coût de **1,860 Milliards d'euros.** (1 859 803 300€ / an (hors avantages en nature).

Financement de l'Administration Générale Collective :
(Année 0)

L'Administration Générale Collective, après remaniements et réaffectations (locaux, personnels, matériels, suppression des postes devenus inutiles suite à la gestion collégiale, …) augmente le nombre de représentants (élus) d'environ 25%, soit un total de 53 029, arrondi à **54 000 Citoyens.**

Les élus des Collèges, pour leur temps de travail raisonnable, perçoivent une rémunération moyenne de 3 800€, sans grand écart autour de ce montant.

Soit un coût, en salaires des élus, pour la Collectivité de : 205 200 000€ (**0,205 Milliards d'euros**)

NB : Il n'y a plus de « salaire brut » et « salaire net », mais un seul salaire : le **salaire perçu** *(Voir « Salaires / revenus » p 64).*

Les frais, raisonnables, qu'impliquent leurs fonctions sont intégralement pris en charge par l'Administration Générale Collective, et se résument aux frais de résidence lorsque le Citoyen ne peut pas résider chez lui, soit 84 personnes dans l'ancien système, ainsi que véhicules de fonction, frais de bouche, frais de déplacement exceptionnels par d'autres moyens que les véhicules de fonction, aménagement, déménagement, communication, informatique.

Ces frais vont essentiellement concerner une centaine de personnes, et peuvent être évalués à environ : Loyer : 1 000€, véhicule de fonction : 1 000€, frais de bouche : 1 000€, communication et informatique : 500€, soit 3 500€/mois pour 100 Citoyens élus, soit au total : **350 000€.**

Les frais exceptionnels de déplacements, d'aménagement et déménagement n'ont pas une incidence notable.

Coût total des élus de la Collectivité : 205 550 000€

Soit une économie par rapport à l'ancien système de : **1 654 250 300€ (1,654 Milliards d'€** sur1, 860), soit 89%.

Constat : le coût total de l'administration publique était (année -1) de :
1 257 Milliards d'euros.

Financement :

On peut raisonnablement penser que la nouvelle structure administrative de la collectivité (toutes dépenses confondues) diminue ces coûts d'un tiers (33%), soit une économie de
419 Milliards d'euros.

419

STRUCTURE ECONOMIQUE

Il n'y a plus, dans le Système Collectif, d'enrichissement sans cause, sans production du travail correspondant, c'est à dire sans création de valeur.

L'économie de la Collectivité est une économie réelle.

La Collectivité :

- Assure (produit et distribue) aux les Citoyens les produits et services, sans option, correspondants aux besoins fondamentaux et primaires, et uniquement ceux-là, à prix coûtant (donc non taxés car il n'y a pas de bénéfice *(Voir « Taxe Unique » p 49)*).

Lorsque la Collectivité n'est pas en mesure d'assurer elle-même tout ou partie de certaines de ces prestations, des **partenariats** sont établis aux meilleures conditions, les plus équitables, prioritairement avec des partenaires du secteur privé faisant partie de la Collectivité, sinon avec des partenaires étrangers.

Ceci :

- Assure aux Citoyens remplissant leurs Devoirs Citoyens *(Voir « Devoirs Citoyens » p 69)*, une vie décente.

Le secteur professionnel privé assure (produit et distribue) tous types de produits et services, exceptés ceux relevant directement du service ou des marchés publics (conseil juridique, rédaction et certification d'actes, dépôt de brevets, représentation et assistance en justice, …) dans un marché libre et concurrentiel, national et international.

Il s'en suit :

- Une cohabitation harmonieuse entre les secteurs professionnels privés et collectifs.
- Une régulation équitable des prix.

Ainsi que :

- Baisse des coûts de production *(Voir « Fiscalité » p 48)* pour le domaine privé.

D'ou :

- Baisse des prix.
- Développement des exportations.
- Baisse des marges du secteur privé, à minima pour les produits et services correspondants aux besoins fondamentaux et primaires, au sein de la Collectivité, qu'il peut, librement proposer avec toutes sortes d'options les rendant plus attractifs.
- Le développement du Bien Commun, pour une meilleure redistribution aux Citoyens.

Tout ceci entraine :

Une augmentation du pouvoir d'achat,

Donc

- Une augmentation de la demande,

Donc

- Une augmentation de l'activité économique (production de biens et de services),
Et
- Une augmentation des besoins en main-d'œuvre,

Donc

- Un développement des facteurs de production,

Donc

- Une augmentation des ressources perçues par la Collectivité (Taxe Unique et Impôt),
Avec
- Enrichissement du Bien Commun,

Donc

- Renforcement économique, matériel et financier croissant de la Collectivité, dans la meilleure équité,
et
Une amélioration de la qualité de vie.

Création des ECC : (Entreprises Coopératives Collectives)

Chaque ECC est gérée par un Conseil Collégial qui dépend de l'Administration Générale Collective.

L'Administration Générale Collective est, elle-même, constituée d'ECC.

Dans les domaines professionnels (hors Administration Générale Collective), les ECC produisent les biens et les services correspondant aux besoins fondamentaux et primaires, ainsi que les biens et les services nécessaires à l'indépendance de la Collectivité et pour le seul intérêt public, afin de ne pas concurrencer le secteur privé vis-à-vis de sa clientèle populaire.

L'outil de travail appartient au Bien Commun.

Les ECC fournissent des choix cohérents travail à toute personne qui n'en a pas et qui en demande.

Ceci permet :

 * La valorisation des ressources humaines au niveau collectif.
 * La valorisation des compétences personnelles des Citoyens demandeurs.
 * L'emploi au plus judicieux des Citoyens destitués de leurs fonctions.

N E U T R E

(Voir Bien Com mun P 29)

Les prix des produits et services, sans option, issus des ECC, correspondants aux besoins fondamentaux et primaires, sont égaux à leur coût réel pour la Collectivité.

En cas de production excédentaire, la part de production excédentaire est vendue à l'étranger au prix du marché.

Les produits de la vente des biens et services issus des ECC reviennent au Bien Commun, qui finance les ECC.

Les Conseils Collégiaux des ECC dépendent de l'Administration Générale Collective via les Collèges de Branche.

Structure et statut juridique des entreprises :

- Entreprises Coopératives Collectives (ECC) : Structures collégiales, gérées par des Conseils Collégiaux.

- Entreprises du secteur privé : Elles n'existent plus que sous deux formes (monde agricole compris) :

* **Entreprise individuelle :** Dirigée par une seule personne.
.* **Société :** Dirigée par plusieurs personnes associées.
Il n'y en a qu'une forme dans la Collectivité.

La notion de « personne morale » disparait, les entrepreneurs individuels et les membres d'une Société sont responsables, matériellement, financièrement, et juridiquement du fonctionnement et des résultats de l'entreprise.

Fixation des prix issus de la production collective :

Les produits et services de base issus des Entreprises Coopératives Collectives (ECC) correspondants aux besoins fondamentaux ou primaires, sans option, sont égaux à leurs coûts réels pour la Collectivité.

Il s'en suit une notable baisse des prix pour ces produits.
Le produit de ces ventes revient au Bien Commun, qui finance, entre autres, le fonctionnement des ECC.

Le secteur privé, qui peut proposer des produits de toutes sortes, est autonome quand à sa gestion des prix.

Coexistence harmonieuse du domaine Collectif et du secteur privé :

L'activité du secteur privé couvre :

- Les produits et services fondamentaux et primaires, avec tous types d'options possibles, y compris ceux destinés à l'exportation.

- Tous les produits et services secondaires (hors ceux indispensables à l'indépendance de la Collectivité et pour le seul intérêt public), y compris ceux destinés à l'exportation.

- Des partenariats avec la Collectivité.

FISCALITE

La comptabilité collective est pensée globalement. Il n'y a plus de multiples caisses avec leurs gestions spécifiques, mais une affectation des avoirs, la plus équitable possible, en fonction des besoins réels et administrée par l'Administration Générale Collective.

Impôt :

N
E
U
T
R
E

Fin du système complexe, à tranches et à niches.

L'Impôt n'est relatif qu'à la part d'utilisation des moyens fournis par la Collectivité (Bien Commun). Il est indépendant des revenus et des propriétés.

L'Impôt peut être acquitté en financier ou en nature, avec l'accord du Collège (travail collectif, services, produits, apports, contributions, biens matériels, intellectuel, ...)

- Pour les salariés de la Collectivité : l'Impôt Standard (basé sur la moyenne d'utilisation par un Citoyen des moyens fournis par la Collectivité) fait partie de l'activité professionnelle du Citoyen.

Il est donc versé au Bien Commun par la structure qui emploie le salarié et n'entre pas en compte dans le calcul du salaire.

- **Pour les salariés du secteur privé :** Même chose.

- **Pour les entreprises du secteur privé :** Les quotas d'utilisation des moyens fournis par la Collectivité en fonction de l'activité de l' « outil de travail » et de son fonctionnement sont calculés par les Collèges correspondants et définissent l'Impôt, acquitté par ces entreprises indépendamment des Travailleurs.

Ceci entraine une conséquente **baisse d'imposition.**

Taxe Unique (TU) :

Fin de toutes les taxations, cotisations et contributions de l'ancien système.

Contrairement à l'ancienne TVA (Taxe sur la Valeur Ajoutée), qui était payée par l'acheteur sur le montant acheté et qui, par le mécanisme de la TVA déductible, n'était supportée que par le consommateur final (qui n'ajoute aucune valeur) :

La Taxe Unique, fixée initialement à 20%, avant de certaines baisses, est affectée à tous les bénéfices avant taxation faits sur le Territoire Collectif, et payée par qui les réalise.

La TU étant payée à chaque étape, par chaque intervenant de la chaine de production et sur son bénéfice réalisé sur la vente du produit, elle n'est pas déductible.

BENEFICIAIRE

De ce fait elle n'est pas reportée sur l'intervenant suivant jusqu'à n'être payée que par le consommateur final.
Le consommateur final n'est soumis à aucune taxation et ne paye alors que le prix Hors Taxe.

Ceci favorise :

- Les circuits courts de mise sur le marché.
- Une baisse des prix pour le consommateur final.

La TU est appliquée aux :

- Bénéfices avant taxation faits sur le Territoire Collectif, ce qui comprend le e-commerce. (Les cas des importations et exportations sont traités à « Droit de douane » *(Voir « Droits de douane » p 51))*.

- Bénéfices avant taxation résultant de placements financiers.

- Bénéfices avant taxation résultant du marché spéculatif ou de l'actionnariat.

- Primes, et payée par le bénéficiaire.
- Participations aux bénéfices, et payée par le bénéficiaire.
- Dividendes, et payée par le bénéficiaire.
- Parachutes dorés, et payée par le bénéficiaire.

- Bénéfices avant taxation résultant de l'exportation (vente à l'étranger) *(Voir : « Exportation » p 51)*.

- Valeurs de ce qui est importée sur le Territoire Collectif *(Voir « Importation » p 51)*.

Il s'en suit une notable **baisse de taxation** pour les membres de la Collectivité avec une augmentation des recettes publiques car le montant la TU globale est supérieur à la globalité des taxes de l'ancien système.

Il est raisonnable de penser que la nouvelle répartition de l'Impôt et de la Taxe Unique produira des recettes fiscales au moins similaires à celles actuelles.

NEUTRE

50

Droits de douane :

Les droits de douane sont la Taxe Unique.

La Collectivité ayant le contrôle de ses frontières :

- **Exportation :** La Taxe Unique est payée par l'exportateur (qui fait sortir du Territoire Collectif) sur

* En cas de vente : Les bénéfices avant taxation qui en découlent.
* Dans les autres cas : La valeur de ce qui est exporté.

NB : Les droits de douanes, sont payés pour les produits et services issus des Entreprises Coopératives Collectives vendus à l'exportation (cas des excédents de production *(Voir p 46)*) pour la non concurrence envers le secteur privé (produits vendus au prix du marché) et constituent une opération blanche car ils proviennent du Bien Commun (Outil de travail, financement et Agents de la Collectivité) et la Taxe Unique récoltée est versée au Bien Commun.

- **Importation :** La Taxe Unique est payée par l'exportateur (qui fait entrer sur le Territoire Collectif) sur la valeur importée sur le Territoire Collectif.

Il s'en suit une augmentation des recettes fiscales.

Constat :

Les recettes fiscales provenant des droits de douane étaient de 70 Milliards d'euros (année -1) dans un système de calculs complexes et variables selon les objets considérés, et hors communauté européenne.

Une fois que la Collectivité aura repris le contrôle de ses frontières *(Voir : Gestion des frontières p55)*, il est raisonnable d'estimer à au moins **50 Milliards d'euros** les recettes supplémentaires.

Fraude fiscale :

50

Le passage initial par la comptabilité de la Banque Collective *(Voir « Création de la Banque Collective » p 20)* de toutes les transactions financières relatives au Territoire Collectif permet de limiter de manière conséquente la fraude fiscale, estimée, globalement, à 100 Milliards d'euros (année -1).

Il est raisonnable d'envisager une diminution d'au moins de 50% de la fraude fiscale, soit **50 Milliards d'euros** de recettes supplémentaires pour les finances publiques.

Investisseurs étrangers sur le Territoire Collectif :

N
E
U
T
R
E

Les investissements sur le Territoire Collectif sont la propriété pleine et entière de l'investisseur.
Il en dispose comme bon lui semble.

En cas de défaillance de l'investisseur et une cessation d'activité, totale ou partielle, la Collectivité est en droit de racheter l'outil de travail à hauteur de ce qui a été investi, et ainsi conserver l'emploi et les retombées économiques directes et indirectes (partenaires, consommations locales, …).

Les personnels en place qui restent dans l'entreprise deviennent des Agents de la Collectivité.

Dans le cas où l'outil de travail racheté par la Collectivité ne correspond pas à la production de biens et de services correspondants aux besoins fondamentaux et primaires ou indispensables à l'indépendance de la Collectivité et pour le seul intérêt public, soit l'outil de travail est réaffecté dans ce sens, soit il est loué au secteur privé.

On peut raisonnablement considérer que la conservation des emplois, de l'outil de travail, de la production et des retombées économiques directes et indirectes, ainsi que les locations au secteur privé, compensent les investissements nécessaires.

Délocalisations hors du Territoire Collectif

Qu'elle concerne la totalité ou une partie de l'entreprise, la Collectivité est en droit de racheter l'outil de travail concerné à hauteur de ce qui a été investi, comme dans le cas précédent.

On peut raisonnablement considérer que la conservation des emplois, de l'outil de travail, de la production et des retombées économiques directes et indirectes, ainsi que les locations au secteur privé compensent les investissements nécessaires.

INDEPENDANCE DECISIONNELLE SOUVERAINETE

La Collectivité amplifie son indépendance décisionnelle

Une fois sortie des dépendances coercitives *(Voir « Dette publique » p 56 et « Energie » p 58)* la Collectivité se dégage des conventions internationales contraignantes pour retrouver sa totale indépendance et son entière souveraineté dans ses décisions.

Cela n'implique pas une sortie de toutes les conventions existantes, mais de possibles aménagements de celles-ci dans le sens de garantir notre souveraineté.

Gestion des frontières :

Suite aux aménagements, ou sorties, des conventions internationales, la Collectivité reprend le contrôle de ses frontières.

Dette publique :

Il s'agit de l'**ensemble des emprunts dont est redevable la Collectivité.**

La dette publique entraîne une perte relative de souveraineté et d'indépendance décisionnelle.

Suite au mode de gestion de la Collectivité :

- Contrôle de toutes les transactions financières sur le Territoire Collectif via la Banque Collective *(voir p 20).*
D'où une meilleure fiscalité (perception de l'Impôt et de la Taxe Unique, diminution de la fraude fiscale, …).

- Baisse du coût de l'administration publique (Administration Générale Collective) à travers sa simplification *(Voir « Financement de l'Administration Générale Collective » p 40).*

- Fin des corps intermédiaires, et donc de leurs financements.

- Fin, car disparition, du chômage, et donc de toutes les structures et financements lui étant associé *(Voir : « Fin du chômage » p 107).*

- Fin, car devenues inutiles, de toutes les aides et subventions (CAF, APL, RSA, …) ainsi que toutes les structures et financements leurs étant associés *(Voir « Fin de la CAF » p109).*

- Fin de la multiplicité des « caisses » et assimilés au profit d'un modèle unique prenant en compte les spécificités de chacun *(Voir « Disparition des multiples caisses et assimilés »p111)*.

- Fin du coût de l'énergie *(voir « Energie » p 58)*.

- Fin des besoins en conventions et aides étrangères contraignantes (Politique Agricole Commune (PAC), …) *(Voir : « Indépendance décisionnelle » p 55)*.

- Fin des syndicats, devenus sans raison d'être, ainsi que de leur coût pour la Collectivité : 1,35Milliards d'euros (coût des décharges horaires).

L'ensemble de ces mesures, associé à la dynamisation de l'économie collective, va dans le sens de la diminution progressive de la dette publique.

On peut raisonnablement penser la disparition de la dette publique en 10 ans.

La disparition progressive de la dette publique va avec la disparition des emprunts sur les marchés financiers internationaux.

La Collectivité gère elle-même ses propres financements.

Constat :

Dette publique (année -1) : 2 380 Milliards d'euros.
Coût annuel de la dette publique (année -1) :
40 Milliards d'euros.

Bilan financier :

D'ici 10 ans la Collectivité aura soldé la dette, et économisera 40 Milliards d'euros par an.
Nous prendrons **4 Milliards d'euros** comme prévisionnel moyen d'économie annuelle.

Fin de la dictature de l'énergie, et des nuisances associées pour la planète.

80

Energie :

Notre dépendance énergétique envers les pays producteurs limite notre souveraineté.

La Collectivité n'utilise plus d'énergie primaire.

Afin d'accéder à son indépendance énergétique, tout en stoppant ses émissions de gaz à effet de serre et toutes autres nuisances associées à la production et l'utilisation d'énergie, la Collectivité exploite et développe les travaux de Stanley MAYER (USA) dont les 11 brevets ont expirés, et sont donc librement exploitables.

Il ne s'agit pas d'une hydrolyse de l'eau (avec tous ses inconvénients) mais d'un séparateur de molécules produisant plusieurs centaines de pourcents d'énergie de plus qu'il en consomme (400% démontrés, 1 000% envisagés).

La production d'énergie est directe, il n'y a pas de stockage d'hydrogène, pas de batterie.

L'eau donne de l'énergie et restitue la même quantité d'eau dans le même état.

Stanley MAYER a démontré, en produisant une flamme capable de faire fondre l'acier, ses résultats devant une équipe de scientifiques, dont un émissaire de la British Advanced Energy Institute qui les a qualifiés d' « une des inventions les plus importantes du siècle ».

Stanley MEYER a aussi, en remplaçant la bougie d'allumage par un séparateur de molécules, a fait fonctionner, en 1978, une Chevrolet Camaro et une Buggy devant la chaine de télévision WSYZ (USA), et parcouru 4 500 Km avec 83 litres d'eau.
Ses travaux dérangeaient trop, il est mort empoisonné et ses brevets n'ont jamais été exploités.

La Collectivité reprend et développe ses travaux pour produire une énergie gratuite, sans le moindre impact sur l'environnement, et pour les adapter à l'ensemble des besoins énergétiques là où ils se trouvent.

Fin, aussi, et de fait, de tous les autres besoins en production énergétique (hydrocarbures, énergie nucléaire, énergies renouvelables, …)

Constat :

- Energies primaires : Importations, environ 50% et productions locales, environ 50%.
La facture (année -1) est de 44 milliards d'euros, avec environ 50% de production locale.
Viennent ensuite leurs transformations en énergies secondaires et leurs transports jusqu'aux consommateurs finaux.
La facture énergétique (achats, production, transformations, transports) représente donc un coût d'environ 100 Milliards d'euros.

Financement :

Il est raisonnable de penser que 10 Milliards d'euros seraient plus que suffisant pour installer des séparateurs de molécules localisés partout où il y a des besoins énergétiques, soit un bénéfice de 90 Milliards d'euros, auquel il faut enlever les taxes perçues sur l'utilisation des énergies (la TU n's'applique pas car il n'y a pas de bénéfice, et les entreprises professionnelles produisent elles-mêmes, sur place, l'énergie dont elles ont besoin) d'où un bénéfice d'au moins 80 Milliards d'euros.

De plus :

La quasi-disparition du coût de l'énergie entraîne une baisse globale des prix et booste l'activité économique et la consommation.

Par ailleurs :

Des solutions existent pour se passer de tous les produits issus des énergies fossiles.

La Collectivité les met en œuvre et les développe afin de se passer totalement des énergies fossiles (Voir « Pour une Collectivité Equitable - Deuxième partie - Outils et résultats » : Les lubrifiants, Les plastiques, La couche supérieure des chaussées).

VALORISATION DE L'AGRICULTURE et des PRODUCTIONS LOCALES

La Collectivité favorise la distribution des produits et des services locaux et privilégie les circuits courts afin d'optimiser leurs mise sur le marché dans les conditions les plus favorables aux entreprises locales.

Utilisation, pour cela, du Réseau de Distribution Collectif, ou d'autres lieux publics, présents uniformément sur l'ensemble du Territoire Collectif.

Les prix s'en trouvent notablement diminués pour le consommateur final.

Les ventes, et les revenus, des intervenants en amont s'en trouvent notablement augmentés.

BENEFICIAIRE

NE LAISSER PERSONNE AU BORD DU CHEMIN

REPARTITION DE LA RICHESSE ET DU TRAVAIL

DOMAINE COLLECTIF / SECTEUR PRIVE

La gestion globale des finances collectives ne fonctionnant plus par secteurs relativement indépendants, l'augmentation de l'activité générale, de la richesse produite et du Bien Commun, ainsi qu'une diminution importante des dépenses globales favorisent, de manière croissante, le financement du nouveau fonctionnement avec diminution de la pression fiscale.

Du travail pour tous :

La Collectivité fournit des choix cohérents de travail dans les Entreprises Coopératives Collectives à tout Citoyen qui n'en a pas et qui en demande, en respectant les spécificités du demandeur, quelle que soit sa condition.

Financement : Voir « Fin du chômage » p 107.

Dans le secteur privé, la gestion des emplois est propre à chaque entreprise.

NEUTRE

Salaires / revenus :

Les salaires / revenus ne supportant plus de cotisation, il n'est plus question de salaire/revenu « brut » ou « net » mais seulement de **salaire / revenu perçu.**

Le salaire correspond au **« temps de travail raisonnable »** *(Voir : « Temps de travail raisonnable » p 18).*

Le salaire perçu n'est soumis ni à l'Impôt, ni à la Taxe Unique, d'où, avec une possible augmentation des salaires suite à la baisse du coût de ces derniers.

Il s'en suit une baisse des coûts de production et une augmentation des rémunérations, d'où une augmentation de la consommation, donc de la demande et donc de la production.

Ceci entraine une augmentation de la Taxe Unique perçue par la Collectivité, l'impôt compensant les moyens fournis par la Collectivité pour permettre ces augmentations de productions.

Salaires des travailleurs des Entreprises Coopératives Collectives (ECC) :

Ils sont fixés à partir d'une formule unique de calcul et d'évolution des salaires, valable pour tous, basée sur une liste d'évaluations suivant des critères relatifs à la prise en compte des conditions de travail et de l'investissement personnel en fonction des spécificités propres au travailleur.

Le salaire du premier mois de travail est le Salaire Fondamental Coefficienté (SFC) de référence.

Le SFC de référence ne peut pas être inférieur à 1 500€ net.

Les critères de la liste d'évaluation sont appréciés, pour chacun, une fois par mois par l'ensemble des autres membres de l'Entreprise Coopérative Collective, ce qui donne le **coefficient salarial mensuel**.

Le Collège de Gérance (Conseil Collégial) fixe les décisions en accord avec ces résultats.

Il peut être fait appel au Collège Modérateur (Conseil Collégial) en cas de désaccord.

C'est la moyenne des 12 dernières évaluations qui détermine le salaire du mois en cours :

La moyenne des douze derniers coefficients salariaux mensuels donne le coefficient salarial annuel, actualisé chaque mois, qui détermine le salaire perçu par rapport aux attentes correspondant au Salaire Fondamental Coefficienté de référence.

Le salaire perçu peut donc, chaque mois, évoluer positivement ou négativement autour du SFC de référence en fonction des résultats par rapport aux attentes correspondant au SFC de référence.

Tous les 5 ans, à date anniversaire, le SFC de référence est recalculé pour chaque travailleur en devenant la moyenne des salaires obtenus sur les 5 dernières années.

Le plus grand premier SFC de référence dans une ECC ne peut pas excéder 10 fois le plus petit premier SFC de référence.

(Détails du calcul et exemples dans « Pour une Collectivité Equitable - Deuxième partie : Outils et résultats »)

Le Salaire Fondamental provient du Bien Commun.

Il est versé à tout Citoyen qui remplit ses Devoirs Citoyens (participation légitime et équitable au Bien Commun) *(Voir « Devoirs Citoyens » p 69)* afin lui permettre de satisfaire ses besoins fondamentaux et primaires, sans option, dans la structure économico sociale de la Collectivité, tout en conservant l'incitation à travailler.

- Le Salaire Fondamental est versé aux personnes dont l'activité, même non professionnelle, est utile à la Collectivité (Parent au foyer, soutien de famille, assistance aux personnes vulnérables,...) en proportion du temps passé.

- Le Salaire Fondamental est versé aux entrepreneurs individuels en complément de leurs revenus jusqu'à 1 500€ / mois.

Le Salaire Fondamental est fixé à 500€/mois.

Pour les salariés, il est compris dans le salaire perçu, c'est-à-dire qu'il fait partie du salaire perçu par les employés des ECC, et qu'il est versé aux entreprises privées pour chacun de leurs salariés (action favorable au pouvoir d'achat avec ses conséquences sur la dynamisation de l'économie et à une possible augmentation des salaires).

- L'obtention du Salaire Fondamental, pour les personnes sans emploi ou profession, implique une inscription auprès de l'Administration Générale Collective, qui gère les propositions cohérentes de travail.

Financement :

Compte tenu du fait que le coût d'un poste de travail ou d'un emploi correspond à un salaire perçu mensuel moyen de 3 000€ pour un poste à temps plein (temps de travail raisonnable) est égal au coût moyen d'un chômeur *(Voir « Fin du chômage »p 107)*, on peut raisonnablement considérer qu'il en résultera une baisse des coûts publics relatifs à l'activité des Citoyens.

****

Dans le secteur privé, les salaires restent libres, ne pouvant pas être inférieur à trois fois le Salaire Fondamental pour le Temps de Travail Raisonnable correspondant.

Les grands chantiers :

Dits d'utilité publique, ils sont décidés par les Collèges compétents qui, lorsqu'il est fait appel au secteur privé, examinent les appels d'offres, obligatoires, hors de toute « chasse gardée ».

SERVICE (ou PRINCIPE) COLLECTIF

Fin de la précarité.

- La Collectivité assure à chaque Citoyen qui remplit ses Devoirs Citoyens un accès équitable aux besoins fondamentaux et primaires *(Voir « Droits Citoyens p.69)*.

- Les réseaux économiques, de transport et de distribution fondamentaux et primaires appartiennent au Bien Commun.

- Le Service Collectif assure une présence uniforme et équitable sur le Territoire Collectif des accès aux « droits fondamentaux et primaires » (produits et services), assurés par la Collectivité *(voir « Réseau de Distribution Collectif p 23)*.

- Le Service Collectif est géré par l'Administration Générale Collective.

DROITS ET DEVOIRS CITOYENS

DEVOIRS CITOYENS donnant lieu aux Droits Citoyens :

Remplir sa **participation légitime obligatoire et équitable** au Bien Commun, c'est-à-dire :

- S'acquitter de l'Impôt dû.

- Présence d'au moins une personne exerçant une profession ou un métier dans chaque foyer fiscal.

- Ne pas refuser, en cas de demande personnelle, un travail cohérent parmi ceux proposés par l'Administration Générale Collective.

Les Citoyens qui ne remplissent pas ces Devoirs Citoyens sont exclus, dans les domaines où le secteur privé intervient, des Droits Citoyens ci-après.

DROITS CITOYENS (Droits / Besoins fondamentaux et primaires)

- **Besoins fondamentaux :** Besoins liés directement à la survie (manger, boire, se loger, se vêtir, dormir, revenus minimaux, se soigner).
- **Besoins primaires :** Faire partie intégrante d'un groupe cohésif, sécurité physique, morale, psychologique, estime, respect.
- **Besoins secondaires :** Auto accomplissement (se réaliser en fonction de ses aspirations personnelles).

Accès à l'emploi pour tous :

Voir Fin du cho mage P 107

L'Administration Générale Collective propose un choix cohérent de travail dans la Structure Collective à toute personne qui n'en a pas et qui en demande.

Financement :

Un Citoyen « actif », pour le même coût, enrichit la Collectivité contrairement à un Citoyen « inactif » *(Voir « Fin du chômage » P 107)*.

Bénéfice collectif estimé : 50 Milliards d'euros *(Voir « Fin du chômage » P 107)*.

Eau :

Le réseau de distribution de l' « eau du robinet », ainsi que le traitement de cette eau en amont et en aval de sa consommation, dépend du **Réseau de Distribution Collectif** géré par l'Administration Générale Collective.

Chaque Citoyen à droit à 100 litres d'eau potable par jour sans rétribution.
C'est une quantité fondamentale suffisante pour vivre décemment sans gaspiller cette ressource précieuse.

NEGLIGEABLE

Les quantités d'eau supplémentaires consommées font l'objet d'une facturation équitable, identique sur tout le Territoire Collectif.

Financement :

La totalité du réseau de production et de distribution de l'« eau du robinet » étant collective, et non lucrative, le coût de cette mesure est négligeable.

Nourriture :

Le Réseau de Distribution Collectif, qui comprend des commerces présents en quantité suffisante dans chaque commune, distribue, sans bénéfice, les produits alimentaires de base, sans option, issus, tout autant que possible, des productions locales ou régionales, collectives ou des producteurs privés partenaires.

Ces distributions se font en quantités suffisantes, sans plus.

Des registres tenus par des Agents de la Collectivité permettent ce contrôle grâce aux Cartes d'Identité à Puce d'Identification et au Système Informatique Central.

les commerces du secteur privé (dont la grande distribution) peuvent fournir leurs invendus encore consommables.

Une compensation équitable peut leur être allouée.

Leur participation peut être valorisée.

NEGLIGEABLE

Financement :

Le financement de ce service, assuré par des Agents de la Collectivité, est négligeable, prenant en compte la disparition des subventions allouées aux associations qui assumaient jusqu'alors ce rôle.

****

Dans le secteur privé, le secteur alimentaire poursuit son activité traditionnelle, pouvant proposer des produits et des services supplémentaires.

Chauffage :

Chaque foyer a droit, sans rétribution, à la quantité fondamentale d'énergie correspondant au chauffage à 19°C des pièces de vie d'un logement standard du Parc Locatif Collectif correspondant à la composition du foyer *(Voir « Logement » p 78).*

Cette quantité fondamentale d'énergie calorifique dépend du lieu d'utilisation.
Elle est déterminée par les moyennes statistiques à partir des données des dix dernières années.
La consommation excédentaire fait l'objet d'une facturation équitable, identique sur tout le Territoire Collectif.

BENEFICIAIRE

Financement :

Le coût initial de cette mesure disparaitra avec l'utilisation généralisée des séparateurs de molécules *(Voir « Energie » p 58)* pour devenir largement bénéficiaire pour la Collectivité qui ne sera plus contrainte de faire fonctionner l'essentiel des structures préexistantes nécessaires à la production et la distribution énergétique.

A moyen terme, donc, le coût est nul, devenant bénéficiaire.

NB : Tous les sujets relatifs à l'énergie seront résolus naturellement et écologiquement lorsque nous aurons fini de mener à bien les travaux de Stanley MAYER *(Voir « Energie » p 58).*

Transports :

Tous les moyens et voies de communication sont équitablement collectivisées et gérés par l'Administration Générale Collective, c'est-à-dire :

- Les autoroutes : la circulation n'y est pas payante. La construction, l'entretien et les services sécuritaires sont financés par l'Administration Générale Collective.

- Les transports en commun ne sont pas payant dans le cadre d'une activité professionnelle relative au Territoire Collectif.

NEGLIGEABLE

- **Le réseau ferré** n'est pas payant dans le cadre d'une activité professionnelle relative au Territoire Collectif.

- **Air France** n'est pas payant dans le cadre d'une activité professionnelle relative au Territoire Collectif.

NB : Les activités secondaires liées à ces infrastructures de transport (Boutiques, restaurants, …) sont exploitées par le secteur privé, qui contracte pour cela un bail commercial avec l'Administration Générale Collective.

- **Le stationnement** public n'est pas payant pour les habitants d'un lieu dans ce lieu (parkings publics)

Les parkings du secteur privé conservent leurs propres gestions.

Financement :

On peut raisonnablement considérer que, compte tenu du gain d'activité engendré, de la disparition des gares de péage (avec leur financement) et des loyers reçus pour l'exploitation des activités secondaires avec les retombées économiques qui en résultent, le coût supplémentaire pour la Collectivité est négligeable.

****

Dans le secteur privé, les entreprises conservent leur fonctionnement, pouvant proposer des produits et services supplémentaires.

Couverture Sociale Collective :

La Collectivité assure, sans frais, à chaque Citoyen une couverture sociale basique complète dans tous les secteurs (dont l'ouïe, le dentaire, la vue), comprenant les consultations, la médication et les soins dans les établissements publics dans des délais cohérents.

Chaque Citoyen doit respecter le suivi médical, essentiellement préventif, établi dès sa naissance et actualisé tout au long de sa vie.

Ce suivi médical personnalisé permet d'anticiper et prévenir beaucoup de complications (coûteuses) et d'améliorer considérablement l'état de santé général de la population.

Dans le cas du non respect de ce suivi, le Citoyen perd tout ou partie de ces droits et peut devoir rembourser à la Collectivité ce qu'il lui a coûté les cinq dernières années.

Constat (année -1) :

Dans l'ancien système :

Déficit de la sécurité sociale (année -1): 3,1 Milliards d'euros, soit 1,2% du PIB.
Dette (année -1): 260 Milliards d'euros.

472 Milliards d'euros de prestations :

Branche maladie : 203 Milliard d'euros
Accidents du travail et maladies professionnelles : 9,4 Milliards d'euros
Branche vieillesse : 129 Milliards d'euros
Branche famille : 37 Milliards d'euros
Autres régimes : 94 Milliards d'euros

Financement :

Pharmacologie : La Collectivité crée les **Laboratoires Pharmaceutiques Collectifs** afin de produire autant de médicaments génériques que possible, et seulement ceux-ci, ainsi que, lorsqu'il n'y en a pas, les médicaments de base nécessaires.

Le secteur privé produit et commercialise aussi tous les autres.

Les Laboratoires Collectifs procèdent aussi à la recherche et la production de vaccins, …

La marge brute des producteurs privés étant d'environ 70%, et celle des pharmacies d'environ 35%, le coût de production est multiplié par 2,3 au moment de la vente par le secteur privé.

On peut donc raisonnablement considérer que le prix des médicaments de base produits par la Collectivité et distribués par les pharmacies du Service Collectif, qui ne distribuent que ces médicaments de base, serait divisé par au moins 1,5.

D'autre part, la restructuration des prestations, par le Service Collectif, pour les besoins fondamentaux et primaires de base entraine une notable baisse de leurs coûts.

Au final, on peut raisonnablement considérer que le coût de la couverture sociale de base, toutes disciplines et prestations confondues, baisse de 25%, soit 472x25%=118 Milliards d'euros, c'est-à-dire **disparition du déficit en moins d'un an, et disparition de la dette d'ici 3 à 6 ans.**

Le financement de la Couverture Sociale Collective est traité dans « Assurances Collectives » *(Voir « Assurances » p 85)*.

Fin des « déserts médicaux » :

Praticiens : Les médecins et autres agents du système de soins, besoin fondamental, deviennent des Agents de la Collectivité.
Ils perçoivent, pour leur Temps de Travail Raisonnable, un salaire mensuel de 3 000€.

L'Administration Générale Collective s'assure que ce besoin fondamental est correctement et uniformément couvert sur tout le Territoire Collectif, faisant en sorte qu'il y ait suffisamment d'intervenants, répartis de manière cohérente.

Dans le secteur privé, les établissements conservent leurs fonctionnements, pouvant proposer des produits et services supplémentaires.

Logement :

Le **Parc Locatif Collectif** est administré par l'Administration Générale Collective.

Il est constitué à partir des logements déjà gérés par les organismes publics, ainsi que des partenaires du secteur privé.

Il s'agit de **logements standards**, de base, adaptés aux besoins du foyer, aux conditions de vie agréables, sans option ou attractivité spécifique, pour une résidence principale.

Les **bailleurs partenaires** louent aux mêmes conditions que la Collectivité et bénéficient de **garanties associées** :

- C'est **la Collectivité qui gère les locations**, ainsi que les biens loués, et reçoit le paiement des loyers.

- C'est **la Collectivité qui paie aux bailleurs partenaires les loyers qui leurs sont dus**, ce qui constitue de fait une **garantie de paiement** aux dates prévues dans le contrat locatif.

- **En cas de litiges**, c'est **la Collectivité qui les gère** et les prend en charge, **sans que cela ait d'incidence su les revenus des bailleurs partenaires** (montants et échéances).

Cette mesure permet de palier au manque de logements accessibles grâce au **développement des capacités locatives**.

La Collectivité stoppe tous les programmes de vente de logements et biens immobiliers lui appartenant afin de ne pas diminuer, entre autres, les capacités de son parc locatif.

Les loyers du Parc Locatif Collectif et des bailleurs partenaires sont égaux à 1/300 x valeur moyenne, au prix du marché, d'un logement standard du Parc Locatif Collectif adapté aux besoins foyer.

Ils sont indexés sur le SFC de référence moyen dans les ECC et correspondent, en moyenne, à 15% du SFC de référence moyen.

Ceci entraine **une conséquente baisse du coût du logement** (40% en moyenne).

De plus, la simplification administrative, ainsi que le rôle de la Banque Collective, facilitent grandement l'accession à la propriété de sa première résidence principale, ce qui **diminue la demande locative** et **développe l'activité des secteurs liés à la construction et à l'aménagement**.

Financement :

Le Parc Locatif Collectif étant non lucratif, son coût pour la Collectivité est égal à zéro.

****

Dans le secteur privé, le secteur du logement locatif conserve son fonctionnement et peut proposer des produits plus attractifs que les logements standards de la Collectivité.

Accès à la première propriété de sa résidence principale :

La Banque Collective, se basant sur le fait que le montant d'un loyer n'est guère différent des échéances de prêt correspondant à l'achat dudit logement, ouvre sans encombre cette possibilité de prêt pour l'achat de sa première résidence principale, sur la base des logements standards du Parc Locatif Collectif.
Les logements d'un autre standing ne sont pas pris en compte par la Banque Collective.

De plus, la refonde administrative de l'ancien système vers l'Administration Collective fait disparaitre les frais liés à cette démarche *(Voir « Propriété de biens matériels » p 114)*, et, la Banque Collective ayant une activité non lucrative, les intérêts des prêts immobiliers sont grandement réduits.

Financement :

La Banque Collective ayant une activité non lucrative, les comptes recettes et dépenses s'équilibrent et le coût est égal à zéro.

Justice et sécurité :

Chacun, qui que ce soit, est soumis au même traitement.

- La Collectivité peut interdire sur le Territoire Collectif les personnes non Citoyennes avérées dangereuses.

- L'ensemble des forces de l'ordre dans le domaine civil (essentiellement police nationale, police municipale et gendarmerie) ne devient qu'un seul corps, ce qui en augmente l'efficacité et la communication.

- Création de la **Carte d'Identité à Puce d'Identification (CIPI)** *(Voir « Création des CIPI p 24).*

- L'application de la loi, d'après le Code Fondamental, plus simple et plus pragmatique, plus proche des personnes et des réalités du terrain, entraine moins de peines de prison ferme au profit de **peines de réparation** (utiles à la Collectivité), avec un objectif éducatif et de socialisation (en vue de la réinsertion). **La réforme du système pénitentiaire** *(voir : « Administration pénitentiaire » p 111)* va aussi dans ce sens.
- **Les magistrats** (Agents de la Collectivité) instruisent les affaires collégialement.

NEUTRE

Pour une même affaire, 3 magistrats sont tirés au sort dans un ensemble de magistrats compétents.
Tous reçoivent le même salaire mensuel : 3 000€.

Le Conseil Collégial compétent (qui a évalué les compétences des magistrats) évalue le niveau de leurs prestations et peut avertir ceux trop peut actifs, ou fautifs, et les destituer en cas de non reprise en main.
En cas de manquement avéré préjudiciable au prévenu, le Collège intervient pour un procès le plus juste possible.

- Les avocats deviennent, tous, des Agents de la Collectivité.
Ils sont, eux aussi, tirés au sort dans un ensemble d'avocats compétents.
Tous reçoivent la même rémunération mensuelle : 3 000€

Le Conseil Collégial compétent (qui a évalué les compétences des avocats) évalue le niveau de leurs prestations, et peut avertir ceux trop peut actifs, ou fautifs, et les destituer en cas de non reprise en main.
En cas de manquement avéré préjudiciable au prévenu, le Collège intervient pour un procès le plus juste possible.

Ce fonctionnement à pour but une justice plus équitable et d'éviter les formes d'abus ou d'erreurs possibles.

Constat :

- La Collectivité compte 8 600 magistrats (année -1) ayant, dans l'ancien système, un salaire médian de 4 358€ brut.

Ce salaire est ramené à 3 000€, soit une baisse du coût des magistrats de 11,68 millions d'euros.

- La Collectivité compte 68 464 avocats (année -1) ayant, dans l'ancien système, un revenu moyen de 6 775€ brut.

Devenus des Agents de la Collectivité, ils reçoivent un salaire mensuel de : 3 000€, soit une baisse de 56%.
Coût des avocats pour la Collectivité : 200 millions d'euros.

- Les « peines de réparation » diminuent le coût du système pénitentiaire.

- Les dépenses au budget de l'administration pénitentiaire (année -1) dépassent 380 millions d'euros pour le financement de constructions, passées ou nouvelles, 63,5 millions d'euros pour le développement des alternatives et des aménagements de peine, et 41,3 millions pour les activités en prison, soit 484,80 millions d'euros au total.

De plus :

La réévaluation des sanctions et de leurs conditions de réalisation diminuent le nombre de peines de prison ferme au profit de **peines de réparation** et développe les possibilités de « **prisons ouvertes** » (moitié moins coûteuses) avec des objectifs éducatifs, d'implication dans la Structure Collective (favorisant l'insertion en diminuant le risque de récidive) et de socialisation *(Voir « Administration pénitentiaire »p 111).*

Financement :

On peut raisonnablement considérer que l'ensemble des réformes de la Collectivité réduise le coût de l'administration pénitentiaire de 30%, soit de 145,44 millions d'euros.

Au final le coût, pour la Collectivité, de la justice, prenant en compte les modifications, restructurations et l'augmentation d'efficacité liée aux Carte d'Identité à Puce d'Identification ne change pas, mais va vers une meilleure gestion, plus humaine et surtout une meilleure réinsertion des personnes condamnées.

Assurances :

Création de la **Compagnie d'Assurance Collective**.

La Compagnie d'Assurance Collective fournit, sans coût pour le Citoyen souscripteur, les services de base, sans option, des assurances obligatoires minimales, et seulement de celles-ci.

Ces assurances ne sont que les assurances fondamentales et primaires de la vie citoyenne :

- Responsabilité civile.
- Habitation pour :
    * Locataire d'un logement : Responsabilité civile contre les risques locatifs.
    * Propriétaire (occupant ou non occupant) : Responsabilité civile.
    * Copropriétaire : Responsabilité civile.
- Auto/moto : Responsabilité civile (assurance au tiers).
- Assurance scolaire.
- Assurance du véhicule principal de foyer : Responsabilité civile (assurance au tiers), garantie de dommages au véhicule (hors responsabilité du conducteur), garantie dommage collision (hors responsabilité du conducteur), garantie incendie et vol, garanties bris de glace, catastrophes naturelles, catastrophes technologiques, tempêtes et attentats.

- Assurance de l'habitation principale (dans un critère raisonnable, par référence aux logements du Parc Locatif Collectif) :
Responsabilité civile pour les locaux à usage d'habitation, quotte part des parties communes pour les copropriétaires, garage et cave, aménagements immobiliers, vérandas.

Pour les habitations principales dans un registre déraisonnable par rapport aux logements du parc locatif collectif, les assurances doivent être contractées auprès d'assureurs privés auxquels la collectivité verse la quotepart correspondant aux logements de référence du Parc Locatif Collectif.

En cas de sinistre avec un tiers en situation de « défaut d'assurance », la Compagnie d'Assurance Collective indemnise ses assurés comme dans tout autre sinistre, dans des délais cohérents avec les besoins de l'assuré, et se retourne vers le tiers en situation de défaut d'assurance.

Les domaines de la santé *(Voir p 75)*, la retraite et la prise en charge des séniors *(Voir p 97)*, la perte d'emploi (dans le secteur privé) *(Voir p 70)*, sont traités dans les chapitres correspondants.

Ces contrats d'assurances doivent être souscrits par le bénéficiaire auprès de l'Administration Générale Collective qui adapte les conditions particulières.

- Ils ne peuvent pas être souscrits si le demandeur est déjà assuré pour ces prestations auprès de compagnies privées.

- Le non-respect de la loi, des règles fixées en général, ainsi que dans les conditions générales ou particulières, entraîne la suspension de la gratuité pour cinq ans avec remboursement du coût pour la Collectivité sur les cinq dernières années, ainsi que la prise en charge à titre personnel d'éventuels sinistres en cours.

De plus, l'amélioration globale de la santé et du suivi médical de la population *(Voir « Couverture Sociale Collective p 75)* réduit les dépenses de santé, et les assureurs du secteur privé, en ce qui concerne les besoins de base, ne couvrent que le tiers payant (les deux autres tiers faisant partie de la Couverture Sociale Collective).

Constat :

Le chiffre d'affaire des assurances du secteur privé (primes reçues) (année -1) était de 228 Milliards d'euros, dont 144,6 pour la branche vie, 58,6 pour la branche dommages et 24,8 pour la branche santé.
Le bénéfice net des assureurs était alors de 11,2 Milliards d'euros, soit un coût (hors bénéfice) de 216,8 Milliards d'euros.

Financement :

Les Assurances Collectives ne comprennent que les assurances obligatoires et services de base, sans option, relatifs aux besoins fondamentaux et primaires en assurances, sans but lucratif.

On peut raisonnablement considérer que le coût de ces assurances représente environ 35% du coût de la totalité des assurances (toutes options confondues), et que, donc, leur financement serait de :

216,8x35% = **76 Milliards d'euros.**

****

Dans le secteur privé, les compagnies d'assurance conservent leur fonctionnement, pouvant proposer tous types d'assurances, toutes options et extensions de garanties, ainsi que tous autres produits associés.

Jardins potagers :

La Collectivité propose, gratuitement, à chaque Foyer Citoyen résidant dans un logement sans jardin une parcelle de 50 m², proche du domicile, avec un cabanon et une citerne de $1m^3$ de récupération des eaux de pluie tombant sur le cabanon pour y cultiver un potager.

Ceci permet une économie domestique, et, surtout, contribue à un apaisement des Citoyens qui ne disposent pas, chez eux, d'un espace extérieur.

NEGLIGEABLE

Vestimentaire :

Création du **Fond Vestimentaire Collectif** (dans les Points de Distribution Collectifs).

Il fournit aux Citoyens des vêtements de base en bon état, et seulement en quantité nécessaire.
Des registres de mise à disposition tenus par des Agents de la Collectivité permettent ce contrôle grâce aux Cartes d'Identité à Puce d'Identification et au Système Informatique Central.

Le Fond Vestimentaire Collectif reçoit :

- Les dons de vêtements par les Citoyens.

- Les surplus et invendus donnés par l'industrie textile et le commerce.
Une compensation équitable peut leur être allouée.
Leur participation au Fond Vestimentaire Collectif peut être valorisée.

Financement :

Le financement de ce service public est négligeable, prenant en compte la disparition des subventions allouées aux associations qui assumaient jusqu'alors ce rôle.

Communication :

La communication fondamentale et primaire est accessible sans coût.

Il s'agit :

- Du réseau de transport *(Voir « Transports » P 73)*.
- De la communication assurée par des moyens postaux / téléphoniques / Informatiques *(Voir : « Communication » p 90)*.

Elle concerne :

- Les Services Collectifs.
- Les domaines sécuritaires (médicaux, forces de l'ordre, …).
- L'Administration Générale Collective.
- Le domaine professionnel.

Une surveillance de leur utilisation est assurée par des Agents de la Collectivité grâce aux Cartes d'Identité à Puce d'Identification et au Système Informatique Central.

Financement :

L'ensemble de ces mesures entraîne un gain d'efficacité, tous secteurs confondus, favorable au développement général des activités industrielles et de services.

Il s'en suit que le bilan financier de ces mesures est positif, sans pouvoir être chiffré exactement avant leurs mises en application.

Education / Scolarité :
Education générale et études supérieures.

Education et scolarité sont des besoins primaires des individus.

Education et scolarité sont accessibles à tous et totalement prises en charge par la Collectivité qui fournit tous les besoins matériels nécessaires (fournitures de bases, transport au lieu d'enseignement et retour, repas, …).

Les fournitures scolaires font l'objet, par la Collectivité, d'un appel d'offre sur le Territoire Collectif, afin d'obtenir au meilleur prix un package complet fourni gratuitement à tous les apprenants, correspondant à leur classe, identique pour tous dans la même classe, sans option.

Sur la pédagogie générale :

-   Reconnaissance des différentes formes d' « intelligence ».
- Présentation dès l'entrée dans les sections ou filières de l'ensemble du chemin à parcourir vers les aboutissements possibles.
- Présentation de la corrélation entre les objectifs et les moyens nécessaires.

NEUTRE

La validation des années d'étude prend en compte l'évolution des apprenants.

L'évolution des apprenants en vue de la validation des années d'étude est suivie par les évaluateurs de l'enseignement collectif à une fréquence adéquate.

Il n'y a plus d'examen ou de concours final.

Le langage est le vecteur de préservation et de transmission des connaissances et des informations.
Il est donc l'élément principal d'évolution sociale et d'enrichissement par la collégialité.

L'**Espéranto**, neutre entre toutes cultures, et déjà utilisé comme langue véhiculaire dans plus de 120 pays, est enseigné dès les classes maternelles et utilisé tout au long de la scolarité.
Facile à apprendre, il devient un vecteur majeur d'échanges et d'enrichissements internationaux.

Classes élémentaires :

- Apprentissages de base
  * Lecture.
  * Ecriture.
  * Mathématiques primaires.

- Arts :
  * De l'entrée à l'école au CP : Eveil ludique aux différentes catégories créatives.
  * Du CE1 au CM2 : Apprentissages de base dans les différentes catégories créatives.

- Espéranto.
- Eveil aux matières enseignées au collège.

- Création, dès le CM1 de la **section « civique** :
  * Règles collectives : Droits, devoirs, lois, sanctions.
  * Comportement social.
  * Fonctionnement de la Collectivité.

Collège (dès l'entrée, et tout au long du collège) :

- Poursuite des apprentissages de base.
- Poursuite de la section civique.
- Arts : Approfondissement des apprentissages dans trois catégories choisies.

- Ouverture sur :
  * Philosophie.
  * Eloquence (Expression en public).
  * Technologie.
  * Biologie et botanique.
  * Connaissance du corps humain : Diététique, sexualité, physiologie, morphologie.
  * Physique.
  * Chimie.
  * Autres langues.
  * Géographie.
  * Histoire.

- Formation aux premiers secours (à raison d'une demi-journée par mois par groupes de dix élèves, avec approfondissement tout au long du collège).

Lycée :

- Approfondissements / Spécialisations dans les matières enseignées au collège.

- Economie (générale et domestique).

- Ouverture vers des apprentissages pratiques.

- Apprentissage de la conduite, et passage du permis de conduire en classe de terminale.

- Approfondissement de la formation de secourisme (à raison d'une demi-journée par mois par groupes de dix élèves, tout au long du lycée).

- Arts : Approfondissement des apprentissages dans une catégorie principale choisie parmi les trois suivies au collège, avec possibilité de garder une ou deux catégories en options complémentaires.

Etudes supérieures :

- Elles sont encadrées par un contrat d'échanges cohérent entre l'étudiant (collectivement actif durant sa scolarité supérieure) et la Collectivité dans le sens d'un équilibre entre les acquis et l'apport à la Collectivité.

- Les étudiants sont soumis à une obligation d'implication minimale contrôlée par des agents de la Collectivité soumis strictement à la réserve.
Le non respect de cette obligation d'implication minimale exclut l'étudiant du cursus des études supérieures.

- Les étudiants perçoivent le Salaire Fondamental.

- Le temps des études supérieures est pris en compte dans le « **temps de carrière raisonnable** » pour les droits à la retraite.

Ces mesures permettent globalement de :

- Diminuer le coût global des études supérieures pour la Collectivité.

- Favoriser l'intégration des étudiants dans la Collectivité, où ils exercent déjà dans les activités choisies pendant leur parcours d'étude.

- Diminuer le départ à l'étranger d'étudiants formés par la Collectivité grâce à leur intégration au tissus économico-social de la Collectivité pendant leur parcours d'étude.

Les enseignants :

Tous les enseignants ont la même importance vis à vis les apprenants, depuis la maternelle où ils leurs donnent le goût et le désir d'apprendre (fondamental pour la suite de leurs études et de leurs vies), aux études générales et supérieures, parcours où ils vont leur transmettre les outils et la façon de travailler.

Aucun travail d'enseignant n'est moins pénible, à horaire égal, ni moins important.

Les temps de travail et les rémunérations sont donc harmonisés, ainsi que les effectifs des classes, tant pour la qualité de l'enseignement que pour les individualisations qui prennent en en compte les spécificités de chaque apprenant.

Pour vingt heures de face à face par semaine et les ateliers de soutient scolaire individualisés (Voir paragraphe suivant) le Salaire Fondamental Coefficienté initial de tous les enseignants de l'enseignement public (Agents de la Collectivité) est fixé à 1 500€ par mois.

Les vacances scolaires :

Afin d'harmoniser les charges de travail des Agents de la Collectivité, les enseignants sont tenus d'assurer pendant sept semaines, pendant les vacances scolaires, et de manière concertée afin d'organiser au mieux les congés de chacun, des **Ateliers de Soutien Scolaire Individualisé**, par groupes de dix élèves, librement ouverts aux apprenants ayant des lacunes ou d'autres difficultés spécifiques relevant du rôle de l'enseignant.

Financement :

Le coût global de ces mesures et de cette réorganisation n'est sensiblement pas différent de celui du fonctionnement actuel.

Dans le secteur privé, l'enseignement conserve son fonctionnement.
Il est, bien sûr, tenu d'enseigner le même programme et d'assurer de la même manière les Ateliers de Soutien Scolaire Individualisés.

L'évolution des apprenants de l'enseignement privé en vue de la validation des années d'étude est suivie par les évaluateurs de l'enseignement collectif à une fréquence adéquate.

Union civile :

Il n'y a plus qu'une seule union civile reconnue par l'Administration Générale Collective, pour laquelle on conserve le nom de « Mariage civil », « marier » s'signifiant « unir », « grouper ».
Elle est enregistrée par l'Administration Générale Collective.

Les différents contrats de mariage existants sont conservés, ainsi que la communauté réduite aux. acquêts (Union Civile sans contrat).

Toutes les autres formes d'union entre conjoints peuvent se pratiquer, mais ne sont pas reconnues par l'Administration Générale Collective.

Cas du divorce :

Les divorces sont gérés et enregistrés par l'Administration Générale Collective qui administre les procédures inhérentes aux divorces.

Prise en charge / retraite des Séniors :

La Collectivité assure aux séniors, sans coût à leur charge, une vie décente et intégrée au tissu collectif, sans option, respectueuse de leurs désirs, comme le maintien à domicile le plus longtemps possible ou leur accueil respectueux et digne dans des structures publiques adaptées.

NEUTRE

L'intégralité des bénéfices du fonctionnement Collectif durant leur période d'activité :
- Besoins fondamentaux et primaires
- Revenus
  * Salaire maintenu pour les Agents de la Collectivité, jusqu'à leur décès (hors ce qui était lié à l'activité professionnelle).
  * Salaire Fondamental, maintenu pour les travailleurs du secteur privé jusqu'à leur décès (les caisses de retraite du secteur privé couvrent les autres revenus).

Pour ceux dont la carrière professionnelle s'est déroulée pour partie dans le domaine collectif et pour partie dans le secteur privé, le maintient des revenus se fait proportionnellement au temps de carrière dans chacun des deux.

Dans le cas d'une Union Civile (mariage) :

* Si celle-ci a au moins cinq ans, rien ne change pour le foyer jusqu'au décès du deuxième conjoint car la Collectivité prend en compte tous les travaux utiles au fonctionnement de la Collectivité, dont les travaux domestiques (fonctionnement du foyer, éducation des enfants, soins à des parents malades, handicapés ou âgés, …).

* Si celle-ci à moins de cinq ans, c'est la proportion de la durée de l'union civile par rapport à cinq ans qui s'applique pour le calcul des revenus maintenus.

Une poursuite d'activité est possible (avec maintien des ressources liées à l'activité professionnelle). Dans les deux cas l'Impôt pas modifié.

Financement :

Le financement des retraites des Citoyens, ainsi que la prise en charge des séniors dans les conditions ci-dessus, vient de leur participation au Bien Commun.

On peut raisonnablement considérer que les financements associés ne sont sensiblement pas différents que ceux des anciennes structures et organisations.

Dans le secteur privé, les compagnies d'assurances et structures d'accueil conservent leurs activités dans ces domaines, pouvant offrir des services supplémentaires.

Obsèques :

La mort étant la dernière étape de la vie collective, la Collectivité, solidaire de tout Citoyen tout au long de sa vie, prend en charge, sans coût et pour qui ne fait pas appel au secteur privé, la partie matérielle et financière des obsèques suivant une procédure type, sans option, identique pour tous.

Constat :

Coût moyen des obsèques dans le secteur privé : 3 300€ pour 612 000 décès (année -1), soit : 2 Milliards d'euros.

0,250

Financement :

La prise en charge suivant la procédure type est du quart de ce montant, soit 500 millions d'euros.
On peut raisonnablement penser qu'un Citoyen sur deux fera appel aux services des pompes funèbres du secteur privé, d'où un coût estimé de :
250 millions d'euros.

****

Dans le secteur privé, les pompes funèbres du conservent leurs activités, pouvant offrir des services supplémentaires.

Sécurité nationale :

La Structure Collégiale s'applique aussi à la sécurité nationale, mais avec certaines spécificités pour les questions d'autorité et de commandement.

NEUTRE

MEDIAS DE LA COLLECTIVITE

Une part de l' « information », ainsi que l'accès à certains programmes culturels et de divertissement, sont considérés comme un besoin primaire.

La Collectivité se dote d'une **Chaine de Télévision Collégiale** et d'une station de **Radio Collégiale** correspondant à ce besoin.
Elles sont gratuites pour les utilisateurs (aucune redevance).
Les plages publicitaires y sont limitées et non intrusives (six minute par heure, non cumulables, pas de publicité, ou assimilé, pendant une émission, pas de publicité, ou assimilé, de vingt heures à six heures).

Chaine de télévision et radio collégiale diffusent l'information collégiale, ainsi que :

- Spectacle vivant.
- Musiques et chansons.
- Reportages :
  * Histoire.
  * Géographie.
  * Société.
  * Economie.
- Téléfilms (pour la Chaine de Télévision Collégiale).
- Littérature.
- Arts plastiques.

NEGLIGEABLE

Quatre-vingt pourcents minimum des émissions diffusent / promeuvent les œuvres des créateurs et des artistes Citoyens, sans critère de notoriété.

Les créateurs et les artistes Citoyens peuvent librement présenter leurs œuvres pour diffusion afin de se faire connaître.

Les œuvres sont diffusées après accord du Conseil Collégial Evaluateur qui ne prend en compte que la forme et pas le fond (liberté d'expression oblige).

Ces grilles de programme vont dans le sens de développer l'accès à la culture tout en développant les secteurs culturels et créatifs de la Collectivité.

Financement :

* Equipement : 4 million d'euros.
* Fonctionnement : 10 millions d'euros par an.

SECTEURS CULTURELS ET CREATIFS

Domaines : 2,2

- Arts visuels.
- Publicité.
- Télévision.
- Presse.
- Musique.
- Spectacle vivant.
- Livre.
- Jeu vidéo.
- Cinéma.
- Littérature.
- Radio.
- Bande dessinée.

Constat :

- Chiffre d'affaire de ces domaines (année -1) : **101,90 Milliards d'euros.**
- Valeur ajoutée : **54 Milliards d'euros**, soit 2,3% du PIB (comparable à celui de l'industrie agroalimentaire, 1,9 fois plus important que celui de l'industrie automobile), sans compter les retombées économiques annexes (fréquentations, produits dérivés, audimat, …).

Pour le développement culturel et créatif :

- **Valoriser** ceux qui produisent des œuvres d'une qualité minimale déterminée et **qui ne peuvent pas, ou peinent, à les faire connaître.**

Les œuvres permettant de bénéficier des soutiens aux jeunes créateurs et artistes indépendants prises en compte sont sélectionnées, sur demande des créateurs et des artistes Citoyens, après évaluation et accord du Conseil Collégial Evaluateur qui ne prend en compte que la forme et pas le fond (liberté d'expression oblige).

Les soutiens exposés ci-dessous viennent en complément des revenus des créateurs ou artistes indépendants jusqu'à hauteur d'un revenu total moyen de 1 500€ par mois sur une durée de trois ans.

* Pour les œuvres duplicables (diffusées sur un support physique) :

Toutes les bibliothèques municipales (médiathèques) de la Collectivité (environ 7 000) achètent :

- Un exemplaire des trois premiers livres d'un auteur, qui produit au moins un livre par an, à la moitié du prix standard.

Le bénéfice d'un auteur sur un livre vendu par un éditeur étant d'environ 1€, cela fait 3 500€ par livre.

- Un exemplaire des trois premiers disques, d'auteurs et de compositeurs qui produisent au moins un disque par an, au prix standard (17€ en moyenne).

Le bénéfice d'un auteur et d'un compositeur sur la vente d'un disque étant d'environ 0,50€, cela fait 3 500€ par disque.

- Il en va de même pour les autres produits (Vidéo, jeux, …)

Ces exemplaires sont à la disposition (gratuite) du public pendant un an minimum.

* Pour les œuvres du spectacle :

Un nombre de représentations, gratuites pour le public, est commandé chacune des trois premières années, et à un prix standard, par les structures collectives pour générer, pour les intervenants qui produisent au moins une œuvre par an, le même bénéfice annuel (3 500€).

* Pour les œuvres à caractère unique :

Les salles d'exposition publiques exposent les œuvres de l'année, pendant trois ans ou jusqu'à leur vente, sur une durée d'un an et jusqu'à un revenu moyen de 1 500€ par mois sur ces trois ans.

Ces mesures :

- Favorisent la création, la promotion, la diffusion culturelle et un accès à la culture au plus grand nombre.
- Evitent qu'un certain nombre d'œuvres de qualité ne soient jamais connues.
- Permettent à des primo-créateurs d'être productifs avec moins de dépendance, et, ainsi, de mieux commencer leur carrière.

Pour une meilleure approche des domaines culturels et créatifs :

Enseignement artistique tout au long du socle de base de connaissances :

- De l'entrée à l'école au CP : Eveil ludique aux différentes catégories créatives.

- Du CE1 au CM2 : Apprentissages de base dans les différentes catégories créatives.

- De la Sixième à la Troisième : Approfondissement des apprentissages dans trois catégories choisies.

- De la Première à la Terminale : Approfondissement des apprentissages dans une catégorie principale choisie, avec possibilité de garder une ou deux catégories en options complémentaires.

Bilan financier :

Suite à une meilleure sensibilisation des apprenants et à l'action des Médias Collectifs, on peut raisonnablement penser que le développement des secteurs culturels et créatifs atteigne rapidement 20%, soit une augmentation de la valeur ajoutée de 11 Milliards d'euros, d'où une Taxe Unique perçue supplémentaire de **2,2 Milliards d'euros**, sans compter l'Impôt.

FIN DU CHOMAGE

Suite aux Droits et Devoirs Citoyens *(p.69)* :

5
0

- L'Administration Générale Collective propose un choix de travail cohérent à toute personne qui n'en a pas et qui en demande.
- Ne pas refuser, en cas de demande personnelle, un travail cohérent parmi ceux proposés par l'Administration Générale Collective.
- Présence d'au moins une personne exerçant une profession ou un métier dans chaque foyer fiscal.

Le chômage n'existe plus dans la Structure Collective.
(Chômage : « Situation d'un salarié qui, bien que apte au travail, se trouve privé d'emploi. » / « Somme versée par les organismes publics aux chômeurs »).

Constat :

- Coût du chômage pour 2 millions de chômeurs (année -1) : Environ **100 milliards d'euros** par an. (Coûts directs + coûts indirects + manques à gagner en impôts et cotisations + manques de productivité et de contributions à l'économie).

- Coût de 2 millions de postes de travail ou d'emploi correspondants à un salaire mensuel moyen de 3 000€ pour un poste à temps plein : Environ **100 milliards d'euros** par an.

Autrement dit, financer un poste de travail ou d'emploi correspondant à un salaire mensuel moyen de 3 000€ ne coûte pas plus cher que de financer un chômeur, qui percevrait, très souvent, beaucoup moins.

Le coût du chômage pour un chômeur est similaire au coût de l'emploi de ce chômeur avec un salaire de 3 000€ par mois.

Mais une personne qui travaille :

- En est valorisée, tant par rapport à elle-même que par rapport à la Collectivité.
- Contribue au fonctionnement collectif.
- Contribue à l'entretien et le développement du Bien Commun.
- N'est pas une charge pour la Collectivité.

Bilan financier :

Il est raisonnable de considérer que le bénéfice pour la Collectivité serait d'au moins 50% du financement (année -1), soit **50 Milliards d'euros.**
Réaffectation des personnels, locaux matériels et savoirs *(Voir : « Réaffectation » p 29).*

FIN DE LA CAF

La CAF n'a plus de raison d'être dans la Structure Collective.

En effet, avec :

- Un salaire équitable, et la prise en compte, équitable, des spécificités de chacun dans les emplois (dont le handicap),

- Un Parc Locatif Collectif suffisant pour fournir des logements décents avec des loyers équitables à but non lucratif,

- La prise en compte, équitable, des spécificités de chacun dans toutes les facettes de la Collectivité (dont le handicap),

- L'accès réellement gratuit pour tous au système éducatif et à l'enseignement supérieur,

L'ensemble des Allocations Familiales, et leurs coûts, n'ont plus lieu d'être.

95

Tous les domaines couverts jusqu'alors par la CAF sont pris en charge par l'Administration Générale Collective dans les « Droits Citoyens » *(Voir : « Droits Citoyens » p 69).*

Constat :

Coût de la CAF (année -1) : **95 milliards d'euros** (4% du PIB).
- Prestations : 73,2 milliards d'euros.
- Coûts de gestion : Environ 22 milliards d'euros (25%).

Pour :

- Aide au logement (APL et FSL).
- Allocation de rentrée scolaire.
- Prime d'activité.
- Revenu de solidarité active (RSA).
- Allocations d'éducation.

Mais aussi :

- ASF (Allocation de Soutien Familial).
- APE (Allocation Parentale d'Education).
- PAJE (Prestation Accueil du Jeune Enfant).
- Allocation aux parents isolés.
- Complément familial.
- Allocation aux mineurs handicapés.
- Allocation Adulte Handicapé (AAH).

Sans compter les aides de la MSA pour le monde agricole !

Bilan financier :

Economie de **95 Milliards d'euros**.
Réaffectation des personnels, locaux matériels et savoirs *(Voir : « Réaffectation » p 29)*.

Disparition des multiples caisses et assimilés :

La gestion globale de la Collectivité via l'Administration Collective, accompagnée d'une immense simplification, entraine la disparition des multiples « caisses » et assimilés, ainsi que leur financement.

B
E
N
E
F
I
C
I
A
I
R
E

ADMINISTRATION PENITENTIAIRE

La réévaluation des sanctions et de leurs conditions de réalisation diminue le nombre de peines de prison ferme au profit de **peines de réparation**, (profitables à la Collectivité) avec un objectif éducatif de socialisation et d'implication dans la Structure Collective (qui favorise l'insertion en diminuant le risque de récidive).

Le modèle Danois avec des « **prisons ouvertes** » possède le plus faible taux de récidive du monde.

1

Prison ouverte :

- Ni murs, ni mirador, pas d'œilleton sur les portes des cellules.

- Des caméras dans les couloirs et les espaces communs.

- Les prisonniers circulent librement et ont la clef de leur cellule.

- Du travail est donné aux détenus, qui reçoivent alors une rémunération équitable.

- Les détenus ont accès à des cours et des formations en vue de leur réinsertion.

- Les cellules disposent des commodités standards, avec possibilité de télévision.

- Les détenus cuisinent eux-mêmes leurs repas dans une cuisine commune.

- Les détenus font eux-mêmes leurs lessives à la laverie commune.

- Les commandes sont faites par les détenus sur un écran informatisé à des prix équitables.

- Les détenus ont accès à des lieux de culte, des activités sportives, bibliothèque, ainsi qu'un accès limité (sécurité) à Internet et au téléphone.

- Les gardiens ne sont pas armés mais portent un boitier d'alarme.

- Les gardiens sont formés pour apaiser les tensions.

Journée type d'un détenu en prison ouverte :

* En semaine :

- De vingt et une heures à sept heures : Enfermé dans la cellule.
- A partir de huit heures : Travail, cours, programmes sociaux, ...
- A partir de quinze heures : Temps libre, où les activités culturelles et sportives sont possibles.

* Le weekend :

- Journée libre.
- Les familles peuvent venir passer une journée avec les détenus, des aires d'accueil sont prévues pour les enfants.

Dans le Système Collectif :

- Les peines de moins de cinq ans d'incarcération, ainsi que des évolutions positives de cas spécifiques plus « lourds », sont effectuées dans des prisons ouvertes.

- Les détenus en prisons fermées présentant une évolution favorable purgent leurs dernières années de détention (5 maximum) en prison ouverte (favorisant ainsi leur réinsertion).

- En cas de faute grave (comme une tentative d'évasion) le détenu va immédiatement et définitivement finir sa peine (éventuellement alourdie) en prison fermée.

Constat :

- Le coût de l'administration pénitentiaire (année -1) est de 3,75 Milliards d'euros, essentiellement grevé par l'accroissement du parc carcéral.

- Les coûts d'une prison ouverte sont la moitié de ceux d'une prison fermée.

Bilan financier :

On peut raisonnablement penser que la nouvelle administration pénitentiaire réduira ce coût d'environ 25%, soit **d'un Milliard d'euros**.

PROPRIETE

Chacun dispose de ses biens comme il l'entend.

40

Propriété de biens matériels :

La propriété est acquise, pleine et entière, par l'acte d'achat et ne peut, ensuite, pas être soumise à quelque autre contrepartie que ce soit.

D'où :

Fin de la Taxe Foncière : 40 Milliards d'€ (année -1)

Propriété de biens immatériels (Propriété intellectuelle) :

- Propriété industrielle :

La propriété des droits sur l'exploitation des brevets est de vingt ans, ils tombent ensuite dans le Bien Commun.
Des modifications apportent une nouvelle durée de vingt ans, mais seulement sur ces modifications, le reste tombe dans le Bien Commun.

- Propriété littéraire et artistique :

Elle garantit les propriétés (droits moraux) et droits d'exploitation (droits patrimoniaux) aux créateurs.

  * Droits moraux : Paternité de l'œuvre, droit de divulgation et au respect de l'œuvre.
Ils sont inaliénables, perpétuels et imprescriptibles.

  * Droits patrimoniaux : Rémunération de l'auteur pour chaque utilisation de son œuvre.

Ils étaient acquis à vie pour le créateur, transmis à ses héritiers, et ne s'éteignaient que soixante-dix ans après la mort du créateur.

La Collectivité ramène cette durée à celle des brevets, soit vingt ans, ils tombent ensuite dans le Bien Commun.

Comme pour les brevets, des modifications
génèrent des droits identiques, mais seulement sur
ces modifications, le reste tombe dans le Bien
Commun.

L'enregistrement des droits relatifs à la propriété
intellectuelle est géré, sans coût, par l'Administration
Générale Collective.

Transmissions (hors successions) :

   * **Cessions libres** de droits, de biens immobiliers ou
   de fonds de commerce : Elles sont enregistrées,
   sans coût pour l'acheteur et le vendeur, par
   l'Administration Générale Collective.

   * **Vente de biens immobiliers ou de fonds de
   commerce** (opération financière) : Le vendeur
   n'est soumis qu'à la Taxe Unique et que sur la part
   du prix de vente, au moment de la vente, dépassant
   la valeur du bien vendu au prix du marché
   (bénéfice).

Ces mesures favorisent grandement l'accès à la
propriété, et le marché de l'immobilier en général avec
toutes ses retombées directes et indirectes.

   * **Vente de droits intellectuels** (opération
   financière) le vendeur n'est soumis qu'à la Taxe
   Unique et que sur la part du prix de vente
   dépassant :

- La valeur estimée des droits sur la durée d'exploitation restante en fonction de leur exploitation préalable si celle-ci a été exercée pendant au moins trois ans.

- La valeur estimée des droits sur la durée d'exploitation restante par apport à des cas similaires si ces droits n'ont pas été exploités pendant au moins trois ans.

SUCCESSIONS

LES SUCCESSIONS SONT LIBRES ET NE SONT PAS SOUMISES A CONTREPARTIES.

15

Chacun dispose de ses biens comme il l'entend.

Chacun est donc libre de choisir tous ses ayants droit et ce qui est transmis à chacun d'eux.

La chose transmise étant la propriété pleine et entière du transmetteur, qui dispose de ses biens comme il l'entend, la transmission libre (c'est à dire sans contrepartie) ne peut pas être soumise à quelque contrepartie que ce soit.

Dans le cas d'une transmission avec contreparties :
Voir « Propriété : « Transmissions » » p 116.

Si, pour tout ou partie de la succession d'un défunt, aucun successeur n'a été désigné par le défunt, la chose transmise l'est selon l'ordre des héritiers et les quotités fixés par la loi.

Les successions sont gérées et enregistrées, sans coût, par l'Administration Générale Collective.

Cas des biens matériels :

- La valeur de la chose transmise librement n'est pas soumise à la Taxe Unique, ni à quelque autre contrepartie.

Cas des biens immatériels :

- Les droits transmis librement ne sont pas soumis à la Taxe Unique, ni à quelque autre contrepartie.

Financement :

Les recettes des droits de succession étaient (année -1) de 14,4 Milliards d'euros.
Le surcoût de ces mesures pour la Collectivité est donc arrondi à 15 Milliards d'euros.

BILAN

	869,42	131,25
Le mode de fonctionnement de la Collectivité permet : * Une gestion collégiale du Territoire Collectif, souple et au plus près de la volonté du Peuple * De meilleures dynamique et stabilité économique * Plus de souveraineté dans nos décisions collective * Une meilleure équité entre les Citoyens **De plus :** Les nouveaux équilibres sociaux génèrent pour chaque Citoyen : * Meilleure qualité de vie * Plus de pouvoir d'achat * Sécurité * Sérénité **Mais aussi :** Sans compter les bénéfices, à minima linéairement croissants, de l'Economie Collective, le mode de fonctionnement de la Collectivité nous amène à : * une économie immédiate (1 à 5 ans) par rapport à l'ancien système, de 869,42 - 131,25 = **738,17 Milliards d'euros.**		

DU MÊME AUTEUR

FRESQUE DES TEMPS MODENES (collection poétique)

Tome 1
Tome 2
Tome 3
Tome 4

SKETCHES ET SCÉNETTES À GOGO

Tome 1
Tome 2

BRÈVES PENSÉES

Tome 1

POUR UNE COLLECTIVITÉ ÉQUITABLE

Première partie : La base
Deuxième partie : Outils et résultats
Troisième partie : L'expansion
Quatrième partie : Le programme

Éditeur : BoD-Books on Demand, 12/14 rond point des Champs Élysées, 75008 Paris, France
Impression : BoD-Books on Demand, Norderstedt, Allemagne
ISBN : 9782322254668
Dépôt légal : Mars 2021